THEATERBIBLIOTHEK

Friederike Roth
Ritt auf die Wartburg
Klavierspiele

Zwei Stücke

Verlag der Autoren

CIP-Kurztitelaufnahme der Deutschen Bibliothek

Roth, Friederike:
Ritt auf die Wartburg. Klavierspiele.
2 Stücke / Friederike Roth. - 1. Aufl. - Frankfurt am Main: Verlag der Autoren, 1984.
(Theaterbibliothek)
ISBN 3-88661-064-0

NE: Roth, Friederike: [Sammlung]

Theaterbibliothek
Erste Auflage 1984

Druck: Fuldaer Verlagsanstalt
Printed in Germany.
ISBN 3-88661-064-0

Inhalt

Ritt auf die Wartburg

Wer in den Ohren krank an Süchten ist, das ist mein Rat, der bleibe dem Hofe zu Thüringen fern. Denn kommt er dahin er gerät wahrhaftig von Sinnen. Ich habe mich in den Trubel gestürzt, bis ich es nun nicht mehr kann...

Walther von der Vogelweide

Personen

Anna
Lina
Ida
Thea
Gastarbeiter
Freund
Passanten
Ein Bürger der DDR
Pfarrer
Kirchgänger
Kellner
Soldaten der Volksarmee
Tanzpaare
Frisöse
DDR-Bürgerinnen beim Frisör

I

1

In einer Bahnhofshalle vor einem Bahnhofsbuffet. Der Buffeteingang ist offenbar auch der Eingang zum Bahnhofs-Nonstopkino; jedenfalls hängen rechts und links neben und über dem Eingang Szenenfotos — teilweise zugebalkt — aus Pornofilmen.
Vor dem Buffet stehen, von einem Zaun umgrenzt, als handle es sich um ein Wochenendgärtchen im Grünen, ein paar Tische und Stühle, an denen kein Mensch sitzt. Immer wieder betreten oder verlassen in Aussehen und Kleidung als »Gastarbeiter« erkennbare Männer den Kino-Buffet-Eingang.
Thea steht neben ihrem Gepäck ein bißchen verloren mit dem Rücken zu den Fotos. Sie hat sich bei Arno untergehakt, der den Fotos zugewandt und diese ausführlich betrachtend dasteht, während sich die vorbeikommenden Männer Thea ansehen, die deshalb ihrerseits nicht so recht weiß, wohin sie selbst schauen soll.
Als sie Anna und Ida kommen sieht, geht sie erleichtert auf die beiden zu. Gepäckschleppend, flaschenklappernd, kichernd machen Anna und Ida einen recht aufgekratzten Eindruck. Sie stellen ihr Gepäck neben das der Thea und inszenieren eine etwas hysterisch euphorisierte Begrüßung.
Arno hat sich von den Fotos abgewandt und sieht nun den Frauen zu.

IDA Leute, jetzt wirds ernst.
ANNA Ich glaubs noch immer nicht so recht.
THEA Immerhin fehlt noch die Lina.

IDA Die kommt, bestimmt. Wieso steht ihr hier draußen rum?

THEA Drin ist kein Platz mehr. Scheintn Gastarbeitertreff zu sein.

IDA Dann laß uns doch in dieses Gärtchen rüber. Da können wir wenigstens sitzend warten.

Sie gehen mit ihrem Gepäck zu einem Tisch in der Umzäumung.

ANNA Der Arno ist der einzige offenbar, der von seinem Weibe richtig Abschied nimmt – mit an Zug bringen und all dem so.

IDA *leicht ironisch*
Ja, Arno, das ist riesig nett von dir.

ANNA Wie früher fast, als Männer höflich waren.

THEA Der will bloß sicher gehn, daß wir auch wirklich fahren.

ARNO *hilflos mürrisch*
So isses.

Lina kommt gepäckbeladen an den Tisch.

IDA Seht ihr.
Was hab ich gesagt: die kommt!

LINA Was sonst.
Sich niederlassend.
Ich hab ihr gesagt, vonnem ganzen Schlammassel – kriegen wirs Visum, ja nein doch jetzt wieder nicht vielleicht aber doch – will ich nichts hören und sehen. Ruf mich einen Tag vorher an. Wenns soweit ist, bin ich dabei. So dahin daher. Davon hab ich t aus tagein genug.
Sie sieht sich leicht belustigt um.

Mitn bißchen Kunstrasen wär hier noch viel zu machen.

ANNA Ich hab bis jetzt geglaubt, diese Reise gäbs immer nur als Planung.

THEA Als Wunsch. Genau.
Und daß man immer was zum Vorbereiten hat und zum Bereden.

IDA Mit neunzig dahocken und sagen:
Achja das waren noch Zeiten ...
Als wir schier eine Vergnügungsreise gemacht hätten. Das tät euch so passen.
Ab jetzt gibts kein Zurück.

LINA *zu Arno*
Du willst wohl mit.
Als kleiner Stimmungskiller, was.

IDA Plötzlich sitzt er uns inner Reisetasche.

ANNA Arno, sei lieb, da drin isn Automat. Zieh mir nochn paar Schachteln Zigaretten.

ARNO Rauch dort gefälligst Ostzigaretten.

IDA Da hast du recht.
Wir sollten uns nicht eindecken mit unserem Zeug.
Wir gehn dorthin mit ohne was von uns.

ANNA Wir sollten das doch jeden halten lassen wie er will. Oder?
Zu Arno.
Gibts dunklen Tabak drüben?

LINA Glaubst du, die rauchen dort die parfümierten blonden Amis?

ANNA Weiß der Teufel. Ich laß mich überraschen.
Vorgeblich gleichgültig, scheinheilig sanft.
Die Sybille wollte doch kommen und uns verabschieden.

LINA *plötzlich aufmerksam*
So richtig mitm Abschiedsgeschenk für jeden?

ANNA Das hoff ich aber doch sehr.
THEA Ooooch – is das aber schön.
Ich dachte schon, es gibt die nächsten Tage nix zum Rauchen.
IDA *mit komisch feierlichem Ernst*
Leute, wovon redet ihr?
Eins sag ich euch: Stoff kommt mir nicht über die Grenze.
LINA Wasn mit dir los?
IDA *feierlich*
Das ist ein Unterschied wie Tag und Nacht.
Diese Reise wird eine ganz andere Reise.
Verlegenheitspause.
Anna, das hast du doch gesagt: keinem darf was am Hals hängen. Das war doch die Bedingung. Ich hab mich nicht mal von den Röteln meiner Tochter halten lassen.
LINA *zu Thea*
Der Tobi hatte prompt heut morgen Fieber.
Ich hab das einfach ignoriert. Obwohl mit Sicherheit der Dani morgen mit derselben Geschichte kommt.
Bei Zwillingen kannste wirklich draufgehen.
IDA Ohne den heillosen Alltag. Das hat mich gepackt.
Einmal ohne den nächsten Tag mit Kindern, Schule, Mann, alter Wäsche und Auto in die Werkstatt bringen. Und ohne Gardinenfabrik mit Vorhänge nähn Vorhänge nähn Vorhänge nähn und Polster beziehn für die feinen Ärsche der andern.
Einfach weg. Ohne nähen.
THEA *seufzt bewundernd*
Zwillinge. Menschenskind.
LINA Was sonst. Wenn ich was mach, dann gründlich.
THEA Und alles ohne Mann.
LINA Was ohne Mann?

THEA Ich denk, du lebst allein?

LINA Ich versorg uns allein. Wenn du das meinst.

THEA Mit dem bißchen Sekretärinnengehalt?

LINA Undn bißchen Sozialhilfe undn bißchen Alimente undn bißchen Organisationstalent.

THEA Meine Tochter ist erst fünf Monate alt. Und ich weiß jetzt schon manchmal nicht, woher ichs nehmen soll.

LINA Arbeitslos. Klar. Da wird es knapp.

THEA Das Geld für die Reise hab ich geliehen.
Mir war die Reise wichtiger. Seit ich das Kind hab, freß ich zu viel.

IDA Einfach weg. Und ohne Stoff. Da brauch ich kein Stoff.

ANNA Vielleicht nicht. Oder?

LINA *ergeben*
Genießen wir also die demokratische Republik ganz nüchtern.

IDA *kichernd*
Drei Flaschen guten Württemberger hab ich mit.

ANNA Wieso denn das? Gibts dort keinen Wein? Da gibts doch auch Hügel und Sonne?

LINA Hast du ne Ahnung. Eben ist dort alles.
Ausgedehnte Handbewegung. Sooo eben.

THEA Ich hab zwei Flaschen eingepackt. Weißen aus Orvieto. Eisgekühlt.

IDA Sehr gut. Mein Kühlschrank ist seit Wochen kaputt. Dann fangen wir mit deinen Kühlen an.
Die Nacht wird lang.

ANNA Wir müssen los.
Sieht auf die Uhr.
Jetzt kommt auch die Sibylle nicht mehr.

LINA Schwache Leistung.

ANNA Geschenkt. Los jetzt.

Sie brechen flaschenklappernd auf. Thea bleibt mit Arno ein wenig zurück. Sie fällt ihm um den Hals.

THEA Vergiß mich nicht, ja?
ARNO Du mußt gehen.
THEA *läuft den anderen Frauen hinterher, dann dreht sie sich noch einmal zu Arno um, der aber schon im Weggehen ist; sie schreit*
Ich komm zurück. Bestimmt.
IDA *brüllt nun zu Thea zurück*
Bleib doch gleich hier.

Thea ist jetzt bei den Frauen. Alle vier verschwinden schleppend.

2

Im Zugabteil. Die Frauen verstauen ihr Gepäck, versuchen sich einzurichten, eine Art von Wohnlichkeit herzustellen.

ANNA Ihr schleppt auch jeder nochne Plastiktüte mit.
IDA Bei mir ist das zwanghaft. Immer gibts was, das inne Plastiktüte extra muß.
LINA Ich komm mir auch bei jeder Reise wien Spätaussiedler vor.
ANNA Ich krieg zu jedem Fest von irgendwem ne Reisetasche. Das nützt aber nichts.
IDA Thea, hast du denn einen Korkenzieher mit?
THEA Sicher. Du nicht?

Sie gräbt eine Flasche aus und öffnet sie. Die Flasche geht während des Gesprächs immer wieder um.

IDA Doch. Aber falls wir einen verlieren.
LINA Die praktische Hausfrau. Hat alles doppelt zur Vorsicht.
IDA Korkenzieher und Feuerzeuge kann man nie genug haben.
ANNA Glaubst, drüben gibts keine Korkenzieher?
LINA *ironisierend*
Ich hab heut mittag auch schnell noch gebadet. Wer weiß, ob die dort warmes Wasser kennen.

Gelächter.

ANNA Und ich hab Handtücher eingepackt. Es ist zum Kotzen. Man fragt sich allen Ernstes, obs Handtücher gibt dort im Hotel.

IDA So fährste hin und denkst, die ham nichts Besseres zu tun, als unsere Vorurteile aus der Welt zu schaffen. Krieg ich von dir ne Zigarette?
THEA Ich denk, du rauchst nicht mehr.
IDA Wenn ich eine geraucht hab, kann ich besser verzichten.
ANNA So gesehen rauch ich seit Jahren nicht mehr.
THEA Hat wer Hunger?
IDA Sag bloß, du hast was zum Essen.
THEA Eier. Zwei Koteletts und zwei Frikadellen.
LINA Frikadellen oder Fleischküchle?
THEA Wasn der Unterschied?
LINA Frikadellen eß ich lieber.
THEA Warum das denn?
LINA Fleischküchle klingt mir zwiespältig irgendwie. So gabelfleischig.
IDA Wenn wir umgestiegen sind. Dann.
LINA Genau. Bis dahin les ich meinen Krimi fertig.
IDA Schämt die sich nicht und nimmtn Krimi mit.
LINA Den hab ich heute mittag in der Badewanne angefangen. Ich will wissen, wies ausgeht.
ANNA Einen Krimi.
Auf unsere Reise!
LINA Ist dir nicht fein genug. Was.
ANNA Wissen wollen, wies ausgeht!
Entsetzlich.
LINA Du weißt ja nicht, was dir entgeht ohne Krimis. Eines Tages bist du tot und ärgerst dich dumm und dämlich, daß du nie einen Krimi gelesen hast.

Lina vertieft sich in den Krimi.
Die Weinflasche kreist.

THEA Ich glaub, der Zug hat Verspätung.

IDA Werd bloß nicht hysterisch.
THEA Red du nicht mit mir, als wärst du der Arno.
IDA Ich will nicht die Rumunkerei schon am Anfang. Was ich nicht leiden kann, sind hysterische Weiber.
LINA *nach einer Pause aus dem Krimi tauchend*
Leute, wollen wir nicht doch lieber nach Hamburg?
ANNA Mir hat kein Schwein geglaubt, daß wir wahrhaftig rübergehn. Nach Paris in Wirklichkeit und lauter so Quatsch.
LINA Paris wär nicht das Schlechteste.
ANNA Wasn Paris gegen Eisenach.
LINA Dekadenzdekandenzpfuiteufel, ich weiß.
Sieht auf die Uhr und nach draußen.
Sachlich.
Wir haben aber wirklich Verspätung.
THEA So hab ich mir das vorgestellt. Kaum gehts nach Osten, schon katastrophelts ...
ANNA Liebe Güte!
Irgendetwas paßt doch immer irgendwo nicht.

Es wird ganz übergangslos dunkel.

3

Blitze. Stürmische Regennacht. Die vier Frauen rennen mit ihrem klappernden Gepäck über die Bühne. Sie werden dabei von aus dem Dunkeln auftauchenden Männern (Gastarbeitern, Betrunkenen, Verlorenen) angequatscht, oder zu größerer Schnelligkeit angestachelt oder aufgehalten. Die dicke Thea erweist sich als die Schnellste. Die kleine Anna kann mit ihren Stöckelschuhen nicht rennen.

IDA *brüllt zu Thea nach vorne*
Halt du den Zug auf, hörst du!
LINA *nach hinten zu Anna*
Annachen, schaffstes?
Sie wartet auf Anna.
Vielleicht sollten wir zwei doch lieber nach Hamburg?
ANNA *wütend schniefend*
Vorher zieh ich mir die Schuhe aus.
IDA Diese blödsinnigen Flaschen.
THEA *längst unsichtbar, brüllt*
Hierher. Ich habs. Leute, ich habs.
IDA *ins Dunkle rennend*
Wir kommen!

Lina läuft hinterher.

ANNA *allein noch sichtbar*
Als würden Anschlußzüge nicht warten.

Sie zieht in aller Ruhe ihre Schuhe aus, dann ihre Socken, die sie in die Plastiktüte stopft. Barfuß rennt sie dann aber auch los.

4

Die Frauen sitzen schniefend, mit nassen Haaren, Fleisch, Eier, Brot und Äpfel aus Papieren essend, Wein dazu trinkend, im Interzonennachtzug.

LINA *kauend versonnen*
Jetzt sagt mir doch endlich: Wieso fahren wir wirklich nach Eisenach?
THEA Hauptsache fahren. Und weg.
LINA Schon.
Ich reis auch gern ins Blaue ohne warum und wozu. Wieso denn Eisenach?
ANNA Mußt du denn immer alles wissen wollen? Les lieber deinen Krimi weiter und sei still.
LINA *wirft Anna den Krimi an den Kopf*
Blödes Stück.
ANNA *fängt das Buch auf und wedelt damit herum*
Wiesowiesowieso. Wieso denn nicht.
Müd und mürrisch.
Wie oft soll ichs noch sagen: wir gehen zum Frisör, und in die Kirche, und reiten auf Eseln zur Wartburg. Ist das denn so schwer zu begreifen?
LINA Und das ist alles?
ANNA Krimilesen macht scharfsinnig, scheints.
Sie wirft ihr den Krimi zurück.
LINA Auf Eseln zur Wartburg reiten. Aha.
ANNA *nickt ernsthaft und ausdrücklich*
Auf Bergen in der reinsten Höh',
tief rötlichblau ist Himmels Näh' ...
THEA Wieso auf Eseln?
ANNA Jetzt fängt die auch noch an.
LINA Kirche mach ich aber nicht mit.
IDA Wieso fährste dann überhaupt mit.

LINA Ich geh seit hundert Jahr in keine Kirche. Und jetzt soll ich nach Eisenach fahren, um inne Kirche zu gehen.

THEA Katholisch oder evangelisch?

ANNA Katholisch natürlich, da wird mehr geboten.

LINA Auch das noch.

IDA Bist du denn evangelisch?

ANNA Das siehste aufn ersten Blick. Die riecht ja förmlich evangelisch.

LINA Ich bin längst ausgetreten.

ANNA Ausgetreten sind wir doch alle. Oder?
Das ist das Spannende, Herzchen. Wir hier sind raus, und jetzt will ich sehen, wer dort noch reingeht oder wieder und warum.

IDA Ich will einen Pfarrer dort predigen hören. Mich interessiert das, diese – *ironisch* – gräßlich unterdrückte Kirche.

LINA Da hocken alte Muttchens drin wie bei uns auch.
Nee, ohne mich. Und auch noch katholisch.

ANNA Das hat was mit Erinnerung zu tun.
Zu Ida. Die Evangelischen waren und sind einfach humorlos und werdens immer bleiben. *Zu Lina.* Die Katholischen ham mehr Sinn fürs Gemüt.

LINA Ich glaub, ich sitz im falschen Zug.
Wollt ihr mit mir jetzt über Glaubensfragen keifen?

ANNA *begütigend*
Achwo. Du kommst halt mit und Schluß.
Gehst rein, guckst dir den Zauber an, gehst wieder raus. Und aus.

LINA Das werden wir ja sehen.

THEA Das mit der Kirche macht mir überhaupt kein Problem.
Bloß der Frisör. Eigentlich muß ich nämlich gar nicht.

LINA *jetzt überlegen*
Natürlich mußt du. Guck dich doch an.

THEA Ich laß auf keinen Fall von irgendsom ahnungslosen Frisör dort mir am Haar rumschnippeln.

IDA Wieso denn sollen die ahnungslos sein?

THEA Ich hab fast n Hunderter hingelegt für diesen Schnitt.

LINA *prüfend*
Das war ein Fehler.

IDA Woher hat eine arbeitslose Mutter überhaupt so viel Geld?

THEA Gespart.

IDA Ich lach mich tot. Mir bleibt zum Sparen nie was übrig.

ANNA Vom Schnitt war nie die Rede.
Dauerwellen. Darum gehts.

THEA Ich bin von Dauerwellen aber abgekommen.

Tief seufzend nimmt Anna einen großen Schluck aus der Weinflasche.

THEA Muß das mit dem Frisör denn sein? Die Reise seh ich ein. Aber den Frisör?

LINA Wieso siehst du Reise ein und nicht den Frisör?

THEA Wenn du zur Kirche gehst, geh ich mit zum Frisör.

LINA Was sonst.
Mit Dauerwellen hab ich übrigens auch nichts am Hut. Wollen wir uns nicht lieber färben lassen?

ANNA Färben – darüber läßt sich reden.

LINA Ganz anders natürlich. Nicht wie sonst.
Pause.
Zum Beispiel grau.

IDA Grau?

ANNA *kichernd*
Liebergott, wenn wir alle grau zurückkommen ...
THEA Grau ... Genau.
ANNA *noch mehr vergluckst*
Oh wär das schön. Wie prophezeit: grau in der DDR geworden über Nacht.
Das Ganze dann künstlich. Noch schöner.
LINA Abgemacht. Wir werden alle grau.
IDA *sieht bekümmert in die Nacht hinaus*
Ihr habt gut lachen mit euern jungen Köpfen.
Wenn ich mit meinen vierzig aufm Buckel und den Falten im Gesicht auch nochn grauen Kopf nach Hause bring – den Witold bin ich los.
ANNA Macht nichts. Dann ziehn wir halt zusammen mit unsern grauen Köpfen.
THEA Silbergrau vielleicht für mich mit einer lila Strähne.
ANNA Nix Strähne! Kein mondänes Gezwitscher!
Grau. Einfach grau.
LINA Kein Einheitsgrau aber.
Wir treten sonst ja auf wie die vier Hengste.
ANNA Ich denk an gediegenes Mausgrau für mich.
LINA Aschgrau würde mir sicher stehn.
Die Thea braucht schon aber silbergrau – schimmernd so.
IDA Und ich?
LINA Eisgrau, Ida. Ab vierzig trägt die Dame eisgrau.

Gelächter.

IDA Eisgrau.
Hmm. Ich muß das alles überlegen.
LINA Anthrazit gäbs noch, oder schwarzgrau meliert.
ANNA Du mußt dich nur dazu bekennen. Dann haben

graue Haare Schmelz. Mir hat man jahrelang gesagt, Hüte mit großer Krempe könnt ich nicht tragen, ich sei dafür zu klein. Große Krempen gefallen mir aber. Ich hab mir Hüte mit irrsinnsbreiten Krempen aufgesetzt. Du mußt den Hut nur eigensinnig tragen, dann drückt er dich nicht runter.

IDA Graue Haare sind aber kein Hut.

LINA Sei nicht so ängstlich.

THEA Sag Ja zum Alter. Für die Rückfahrt steht uns dann ein Seniorenpaß zu.

LINA Jetzt komm bloß nicht wieder mit Pässen.
Bloß weil man geschieden ist, machense Zirkus ums Visum.
Fürn Seniorenpaß spiel ich das alles nicht mehr durch.
Und wenn ich noch so grau bin.

ANNA Wieso? Ich bin doch auch geschieden. Bei mir gabs kein Problem.

LINA Erstens hast du, im Gegensatz zu uns, so einen feinen Beruf –

ANNA Wie bitte, was?

LINA Mit Universität und Wissenschaft oder was sonst. Halt mit Respekt und wofür sichs Zurückkommen lohnt.

IDA Drum machen die ja rüber.

THEA *versonnen*
Die Anna ist die einzige Gebildete von uns.

LINA Und zweitens hast du keine Kinder, Herzchen.

THEA Genau. Bei uns und erst mit Kindern benehmen die sich, als wollt man sich abseilen.

LINA Dazu, ich sags dir, hätt ich schon manchmal Lust. Zwillinge sind eine harte Sache.

IDA Deine sind aber doch prima.

LINA Gegen deine würd ich sie sofort tauschen.

ANNA *seufzend*
Mütter unter sich.
LINA Neidisch, was!
ANNA Früher einmal hätt ich schon Kinder haben wollen.
Weiß der Teufel, warum.
THEA *schält seelenruhig ein Ei*
Irgendwie will, glaub ich, jede Frau einmal ein Kind.
ANNA Du warst auch schon geistreicher. Son quäkender Drachen im Haus ist mir ein wahrer Alptraum.
LINA Trink lieber nochn Schluck.
Sie drückt ihr die Weinflasche an den Mund.
Mir die Krimis. Dir den Wein.
IDA Und der Thea ein großes Stück Fleisch.
THEA *leicht beleidigt*
Daß dir ne Handvoll Gras genügt, das wissen wir.
IDA *schaut, die Hände an die Schläfen legend, aus dem Fenster*
Leute, da braut sich was zusammen.
ANNA *kramt aus ihrer Reisetasche eine Flasche Champagner*
Umsteigen müssen wir nicht mehr. Jetzt geht es los.
Sie öffnet die durchgerüttelte Flasche. Knallen, Zischen, Überschäumen und Gekreisch.
LINA *begossen*
Du hast wohl n Specht in der Tanne.
IDA Es blitzt dauernd.
THEA Ich hör aber nichts.
LINA Die ham den Donner abgeschafft, um die Nachtruhe der arbeitenden Klasse nicht zu stören.
ANNA Wir sind doch noch gar nicht über die Grenze.
IDA Gleich sind wir da. Dann werdet ihrs schon donnern hören.

ANNA *sieht nach draußen ins Geblitze, versonnen*
Wenn man in den Blitz schaut, hat man nachher einen leeren Rand.

Ida, Thea und Lina brechen darüber in schallendes Gelächter aus.

II

5

Die Frauen gehen erschöpft im trostlos regnerischen Morgengrauen durch eine Straße in Eisenach.

ANNA Jetzt sind wir da.
LINA *an den Häuserwänden hochsehend*
Grau ist das alles.
THEA Und müde bin ich.
IDA Morgens um fünf
und wenns regnet
ists nirgendwo strahlend.
ANNA Morgengrau.

Ein DDR-Bürger kommt ihnen entgegen. Als er an ihnen vorbei ist, bleibt Lina stehen und dreht sich um.

LINA Schaut doch.
Auch die anderen Frauen drehn sich um und sehen dem Mann nach.
THEA Was denn?
LINA Ein Bürger der demokratischen Republik.
IDA Ja und?
LINA Nichts und. Bloß so.
IDA Dann starrt ihm nicht so hinterher gefälligst.

In diesem Moment wendet sich der DDR-Bürger seinerseits zurück, um diese vier Frauen noch einmal in Augenschein zu nehmen.
Wie ertappt gehen die Frauen nach einer kurzen, aber als peinlich empfundenen Schrecksekunde weiter.

THEA *quengelnd*
Wenn wir wenigstens ins Hotel könnten.
IDA Wir haben die Zimmer ab heute bestellt. Daß wir vor Mittag nicht reinkommen, war klar.

Die Frauen stellen ihr Gepäck auf einen Schaufenstersims, lehnen sich dagegen und zünden Zigaretten an.

ANNA Jetzt sind wir da.

Pause.

LINA Und was machen wir jetzt.
ANNA Geplant war ein Spaziergang durch die morgenleere Stadt.
THEA Ich schlepp hier keinen Koffer durch den Regen.
ANNA *dreht ihre bestöckelten Füße hin und her*
Meine Schuhe weichen auf.
THEA Am liebsten würd ich schlafen.
ANNA Das kommt oft vor bei dir. Oder?

Rauchend lehnen die Frauen eine Zeitlang da.

IDA *tritt ihre Zigarette aus*
Ihr seid schon — traurige Wichte sind wir.
Pause.
Wir sparen einen Tag Hotel und sind trotzdem schon da. Das war die Überlegung. Jetzt könnt ihr nicht so tun, als hättet ihr es nicht gewollt und könntet nichts dafür.
Leute, wir sind da. Die Zeit geht rum.
LINA Bloß wie.
ANNA Wir bringens Gepäck ins Hotel ...

THEA *jammernd*
Wie denn? Wo ist überhaupt das Hotel? Wieso ist nirgendwo ein Taxi?
ANNA Das Hotel muß hier gleich um die Ecke sein. Das hast du doch aufm Stadtplan gesehen. Oder?
THEA Auf Plänen ist immer alles gleich um die Ecke. Außerdem kommen wir vor Mittag nicht ins Hotel, habt ihr doch selbst gesagt.
ANNA Gepäck abladen aber.
Und ohne Belastung geht der Morgen dann rum wie im Flug.
LINA Vor elf macht hier doch keine Kneipe auf. Und stundenlang im Regen geh ich nicht.
Pause.
Von uns aus hat man immer den Eindruck, es regnet in der DDR.
Pause.
Regnets denn wirklich?

Pause.

IDA Wir suchen eine Kirche und gehen in die Frühmesse.
LINA Unter diesen Umständen geh ich sogar mit.
IDA Also weiter, Leute, weiter.
Halt, ich mach noch ein Foto.
Sie fotografiert die müden Frauen.
Weiter jetzt.
THEA Wohin denn bloß.

Die Frauen trotten los.

6

Kirche. Auf der rechten Seite im Vordergrund eine Kirchenvorhalle. Von der eigentlichen Kirchenhalle sind — auf der linken Seite — durch eine Rundbogenfassade nur ein paar Kirchenbänke zu sehen. Wenn die Frauen sich auf der Kirchenbank niedergelassen haben, sieht man sie eingerahmt von einem solchen Rundbogen. Kirchenbesucher sieht man im Hintergrund vorbeigehen und verschwinden. Die Vorhalle sollte eine Mischung aus Geschichtsträchtigkeit, Totenkult und Moder vermitteln. In die Wände sind Grabplatten eingelassen und auch in den Fußboden, was die Frauen immer wieder zu erschreckt-ehrfürchtig-komischen Seitenhopsern veranlaßt.

ANNA *murmelt*
Ludwig der Springer
Ludwig Landgraf zu Thüringen
Ludwig Sohn Ludwigs
Landgraf Hermann I, Bruder Ludwigs ...
Wenn man jetzt wüßte ...
Friedrich der Weise
Johann Friedrich der Großmütige ...
Klingt kostbar und edel. Oder?

LINA
Wenigstens trocken ist es.
Und Bänke sind da.
Setzt sich auf eine Bank.
Wenn sie jetzt noch Kaffee ausschenken würden, glatt würd ich in die Thüringer Landeskirche eintreten.

IDA *von der Vorhalle aus*
Auf dich ham die grad noch gewartet.

Thea setzt sich völlig erschöpft auf eine Kirchenbank. Die Frauen kommen nach und nach und sind dann nur noch durch den Bogenausschnitt sichtbar.

THEA Glaubt ihr, ich könnt mich noch kurz langlegen?

IDA Nixda. Wir kriegen dich nie wieder hoch, wenn du erst pennst. Außerdem gehts bald los.

THEA *gähnt*
Dauernd geht irgendwas los.

LINA Da kommt doch keiner. Ich lach mich ja kaputt. Die Show geht ab, und vier kaputte Westweiber sind die einzigen Freaks.
Hätt ich bloß meinen Krimi mit.

ANNA *kramt ein Schminkdöschen mit Innenspiegel aus der Tasche*
Mal sehn, was noch zu retten ist.
Anna fummelt sich mit dem Schminkschwämmchen im Gesicht herum.

THEA Gibst du mir auch einmal den Spiegel?

LINA Sagt bloß zu Hause niemand, daß ich in der Kirche war.
Kann ich den Spiegel auch mal haben?

Die Schminkdose wandert von Frau zu Frau. Im Hintergrund die ersten Kirchgänger. Ab jetzt reden die Frauen in einer Art schreiendem Flüsterton.

IDA Was hab ich gesagt.
Tut das Zeug weg!

LINA *gibt Anna die Dose zurück*
Den Teufelsdreck! Anna — stecks weg!
Jetzt kommt der Massenansturm.

IDA Ruhe.

LINA Die Thea macht schon ein ganz frommes Gesicht.

ANNA Die pennt doch. Mensch Ida, paß auf, die kippt ja um.

IDA *gibt Thea einen Rippenstoß*
Los gehts. Guck doch.

Vom »eigentlichen«, aber unsichtbaren Ort des Geschehens aus hört man einen Kinderchor das Lied singen »Wohlauf in Gottes schöne Welt ...«

ANNA *irritiert zu Ida*
Das ist doch abern Wanderlied. Oder?

IDA Von wegen Wanderlied.
Aufforderung zur Republikflucht ist das.

Die Frauen kichern.

IDA Ruhe.

Die Frauen sind still. Die Kinder singen zu Ende. Man hört einen Pfarrer.

PFARRER Schau her auf mich, o Herr, und hab mit mir Erbarmen. Ich bin so einsam und so arm. Sieh an mein Elend und mein Leid.

Lina nickt zustimmend.

CHOR DER KIRCHENBESUCHER Ich schrie zum Herrn, und er erhörte meinen Ruf und schützte mich vor denen, die mir feindlich nahen.

Lina gibt Anna einen Rippenstoß und deutet auf Ida.

PFARRER Schaff Recht mir, Gott, und führe meine Sache gegen ein unheiliges Volk; vor frevelhaften, falschen Menschen rette mich.

CHOR DER KIRCHENBESUCHER Ich schrie zum Herrn, und er erhörte meinen Ruf und schützte mich vor denen, die mir feindlich nahen.

Nach und nach schlafen die erschöpften Frauen ein: zuerst Thea, sie lehnt sich an Idas Schulter.

PFARRER Eine starke Frau, wer wird sie finden? Ihr Wert gleicht den Dingen, die von weit herkommen, von den äußersten Enden. Es vertraut auf sie das Herz ihres Mannes, und an Gewinn wird es nie fehlen. Sie erweist ihm nur Gutes, nie Böses, alle Tage ihres Lebens. Sie trägt Sorge und schafft mit kundiger Hand. Sie gleicht dem Handelsschiff: von fern bringt sie ihr Brot herbei ...

Lina lehnt sich nun gegen Annas andere Schulter. Fast gleichzeitig fällt Annas Kopf nach vorn.

... Noch ist es Nacht, da steht sie auf, gibt Nahrung ihren Hausgenossen und Speise ihren Mägden. Sie gürtet mit Kraft ihre Lenden und stärkt ihre Arme. Sie merkt und sieht, wie gut ihr Werk gedeiht. Selbst des Nachts erlischt nicht ihre Leuchte. Sie öffnet ihre Hand dem Armen und streckt dem Dürftigen entgegen ihre Arme. Angesehen ist ihr Mann, Kraft und Anmut sind ihr Kleid, am letzten Tag noch wird sie lachen. In ihrem Munde wohnet Weisheit, und das Gesetz der Milde ist auf ihrer Zunge. Sie wacht über den Wandel ihres Hauses, ihr Brot ißt sie nicht müßig. Ihre Söhne kommen hoch und preisen sie selig;

es rühmt sie auch ihr Mann. Viele haben sich Reichtümer gesammelt: sie hatte sie alle übertroffen. Trügerisch ist Anmut, die Schönheit eitel. Ein Weib, das den Herrn fürchtet, wird gepriesen. Man kündet das Lob ihrer Werke ...

Während dieses letzten Teils sitzt die Frauengruppe dämmerschlafend wie eine Teil-Apostelgruppe da. Bei den letzten Sätzen wird es dunkel.

7

Mittag. Die Frauen sind zum erstenmal auf ihren Hotelzimmern. Die Zimmer sind benachbart und durch einen gemeinsamen Balkon verbunden. Man sieht den gemeinsamen Balkon und die beiden gleich schmalen, kärglich möblierten Zimmer. An der Wand jedes Zimmers, gegenüber der Balkontür, hängt kahl und nackt ein Waschbecken.
Bei Thea und Lina spielt sich nicht mehr viel ab. Beide stellen nur ihr Gepäck ab, ziehen ihre Schuhe aus, legen sich angezogen bleibend auf die Betten und schlafen ein.
Bei Ida und Anna bricht hektische Geschäftigkeit aus.

ANNA Ich bin völlig kaputt. Gut aufgedreht aber. Bloß verschwitzt.
Wie war die Predigt eigentlich? Was hat er denn gesagt? Erzähl!
IDA Die Predigt. Richtig.
War denn eine?
ANNA Irgendwann war ich wohl eingeschlafen.
IDA Wenn eine war, ham wirse allesamt verschlafen.
Ist ja nicht grad das Leben. Eine Predigt.
Geht auf den Balkon; begeistert.
Schau dir das an.
ANNA *in der Reisetasche kramend, beiläufig*
Der Platz der deutsch-sowjetischen Freundschaft. Oder?
Ich wasch mich jetzt. Vielleicht geh ich dann doch noch los. Ich will nicht schlafen nämlich.
IDA Ist das aber schön. Ich mach gleich Fotos.
Wir sollten nachts den Wecker jede Stunde klingeln lassen. Man verschläft ja sonst alles.

Anna zieht sich am Waschbecken aus und fängt an, sich von Kopf bis Fuß zu waschen. Währenddessen macht Ida vom Balkon aus Fotos.

ANNA *vom Waschbecken her brüllend*
Ne Etagendusche, ich weiß nicht, bei dem Preis, müßt eigentlich drin sein.

IDA *schreit vom Balkon zurück*
Hör mir bloß auf mit diesen Duschgeschichten. Geh doch zum Duschen nach New York.

ANNA Da gibts zehntausend Brandstiftungen im Jahr, und wenn ich einer von den achten bin, die jeden Tag ermordet werden, dann bin ich eigentlich schon tot.
Das wars doch, was du sagen wolltest, oder?
Sie wirft elegant einen Fuß ins Waschbecken und fängt ihn an zu waschen.
Ich werd ja wohl noch sagen dürfen, daß für den Preis — die solln doch nicht so tun, als käm uns allesamt s Geld ausn Ohren — irgendwo könnt schon ne Dusche sein. Von mir aus im Keller.

IDA *weiterfotografierend*
Ich find die Zimmer auch ein Jammer. Für so viel Geld stell ich mir auch was anderes vor.
Pause.
Wir haben Luxus. Die den Mangel. Wir holens raus. Die steckens rein.

ANNA Ich weiß. Ich weiß. Herrgott, ich weiß doch. Wenn du mir aber jetzt noch einen Vortrag halten willst darüber, wie makaber dieser Luxus ist angesichts der Lage der Welt …

IDA Das ist er auch.

ANNA Dann hast du noch und nochmal recht.
Bloß muß ich dann das Zimmer wechseln. Ich kann

das nicht in jeder freien Stunde hören. Ich weiß es nämlich.

IDA Das nützt aber nichts.

ANNA Ich dusch mich trotzdem gern.
Trocknet sich ab.
Ich bin soweit. Mach du jetzt mal. Schlimmer als ein Japaner.

Ida legt den Foto weg und zieht sich aus, während Anna sich wieder anzieht.

ANNA *nimmt vom Tisch eine Broschüre; murmelnd*
»Eisenach und die Wartburg. Geschichte und Gegenwart.«
Sieh mal an. Das legen wir hier aus. Statt Bibel praktisch.
Sie zieht sich einen Stuhl zur Balkontür und blättert, ohne einen Blick nach draußen zu werfen, interessiert in der Broschüre — manchmal sich dabei, lauter werdend, an Ida wendend.
»Da aber nur noch ein Tag Frist übrig war, versenkten sie sich in tiefen Schlummer, legten sich auf einen Teppich, schwebten durch die Lüfte und landeten im Morgengrauen zu Eisenach.«

IDA Wer? Wir?

ANNA »Und warum sollten die Wege auf die Wartburg und von der Wartburg und die Wege der Gralsucher nicht da und dort sich begegnen? ... künstlerische Naturen und gar geniale Geister, die mit beiden Füßen in der Wirklichkeit stehen und die Weltprobleme tiefinnerlich zu empfinden und zu lösen versuchen ... Das liegt im Gral- und Wartburggedanken ...«
Sie seufzt.

Ich bin ganz aufgeregt. Hier müssen die doch anders leben. Wir fahren ja in Süden sonst und schauen lang und bedeutend aufs Mittelmeer. Hier schlagen sie die Zeit doch sicher anders tot. Oder?

IDA Diese Ironie, sag ich dir, führt zu nichts.

ANNA Du meinst, zum Zeittotschlagen haben die hier keine Zeit?

IDA *wütend sich abtrocknend*
Und wir? Was machen wir?
Wochenendkurse zum Überleben im Ernstfall. Fünf Tage Dritte Welt hin und zurück und alles inklusive!

ANNA *die in ihrem Buch weitergeblättert hat*
»Thüringens Blume scheint durch den Schnee ...«
Pause.
Ist das nicht schön? Das wollt ich sehn ... Es riecht nach Regen aber.

IDA Ich bin soweit. Ich zieh mich nur noch an.

ANNA Mach schnell. Ich bin gierig auf draußen.

IDA Und ich erst. Wir kaufen uns ein Eis. Ich hab so Lust auf Eis. Hier gibts bestimmt noch Tüteneis.

ANNA Kinderträume hier einlösen wollen.

IDA Wenn nicht, dann nicht.
Die lange Fahrt und kein Schlaf. Da kommt halt Altes wieder hoch.

Die Frauen brechen auf.

III

8

Großer Tanzabend. Dieser Abend sollte in seiner Wirklichkeit sich doch vermitteln wie ein Traum.
Ein Wechsel von Helligkeit und Dunkelheit bestimmt die Szenerie; dieser Hell-Dunkel-Wechsel kann Zeiten verkürzen oder abschneiden oder verlängern. Es ist beispielsweise bei solcherlei Veranstaltungen üblich, daß es erschreckend hell wird, wenn man nach einer Tanztour wieder zurück zu den Tischen kommt. An diesen Rhythmus einer Tanzabendwirklichkeit könnte man sich halten. Die Bühne ist größtenteils eine Tanzfläche. Die Tische, an denen in den Tanzpausen geredet, gegessen und getrunken wird, sind insgesamt natürlich nicht sichtbar — bis auf den Vierertisch der Frauen, den langen Soldatentisch und einige wenige, normal pärchenbesetzte Tische.
Die Eingangstür zum Tanzvergnügen sollte vordergründig sichtbar sein. Während des Tanzens ist — im Fastdunkeln — die Bühne voll und bewegt.
Während die vier Frauen sich noch bereden an der Eingangstür, sind Kellner mit Zurechtrückereien beschäftigt, und das Einstimmen einer Musikkapelle — Gezupf, Gezurr, Geblas, Getön — ist hörbar.
Die vier Frauen sind ziemlich abenteuerlich gewandet.

IDA Glaubt ihr, die halten diesen Krimskrams wirklich für Gesellschaftskleidung?
ANNA Wir strahlen doch regelrecht.
LINA Uns ausm Westen traun die alles zu.

ANNA Mensch Thea, wasn das fürn Stoff, diese Bluse. Ich komm mir jetzt schon vor wie eingedünstet.
LINA Mach keine Zicken. Mir ist der Thea ihr Rock auch zu lang. Dauernd steh ich auf mir rum.
ANNA Was für ein Glück, daß die so viel Kleider mithat.
IDA Macht euch bloß keine Hoffnungen. Hier kommen alle paarweis zum Tanz.
THEA Und trennen sich nie?
LINA Das werden wir ja sehen.

Die Frauen gehen an einen Tisch und werden, kaum haben sie Platz genommen, vom Kellner umgesetzt an den benachbarten Tisch. Keiner weiß warum; keiner weiß wozu.
Der Kellner bringt die Speisekarte und entfernt sich sofort wieder.

ANNA *nach einem Blick auf die Getränkekarte*
Ich lad uns heut zum Sekt ein, ja?
IDA Gut. Sehr gut.
THEA Meine Güte, ist das ein schöner Kellner.
ANNA Schau sie an. Jetzt hat sie wieder ihren schlampigen Blick.
LINA Kellner tanzen aber nicht.
ANNA Wollen wir wieder zusammen teilen?
LINA Was sonst. Ich nehm den Geflügelsalat und du das Würzfleisch. Klar?
IDA *zu Thea*
Wolln wir uns auch zusammenteilen?
THEA Ich will lieber allein. Ich hab so Lust auf viel.
IDA Dann eß ich doch glatt eine Ente und Schluß. Das wollt ich schon lang. Hier richtig Ente essen.
LINA Verfressenes Pack. Von Ente essen war nie die

Rede. Im Land unserer darbenden Brüder und Schwestern sich den Bauch vollschlagen wollen. Und Sekt noch dazu. Das macht dann den Wechselkurs.

Noch sehr leise, noch wie probeweise, beginnt die Tanzmusik. Es wird dunkel. Die Tanzfläche ist beleuchtet und bleibt zunächst leer. Der Kellner kommt an den Frauentisch. Die Musik wird lauter: ein Chachacha aus den frühen 60er Jahren. Zwei Pärchen begeben sich zur Tanzfläche und tanzen zwar sehr gekonnt, gleichzeitig aber auch fast zu korrekt — als wären sie Vorzeigepaare einer Tanzschule, und als müsse mit dieser Tanzerei irgendetwas bewiesen werden. Währenddessen notiert der Kellner die Bestellung der Frauen. Kellner ab.

ANNA Wie schön geschminkt die Thea ist.
IDA Ja. Wirklich schön sieht sie aus.
LINA Warten wir mal die ersten schmissigen Tänze ab. Dann ist der Lack ab.
ANNA Klar. Vom Schwitzen wird die Schminke ranzig. Und?
LINA Wieso schminkt ihr euch überhaupt?
ANNA Gott, tret doch inne Frauengruppe ein.

Die vier Frauen sehen eine Zeitlang beeindruckt den Tanzpaaren zu. Der Kellner kommt zum Tisch, öffnet die erste Flasche Sekt, gießt ein und verschwindet. Der Tanz geht zu Ende. Es wird hell. Die beiden Paare klatschen. Dunkel wieder. Ein Walzer erklingt. Die Tanzfläche füllt sich. Der Kellner ist mit der Bedienung des Frauentisches sehr beschäftigt. Seinem Gesicht ist keine Regung anzumerken.

THEA *löffelt am Frauentisch ihre Suppe aus*
Eigentlich bin ich jetzt satt.
LINA Kein Hunger hat das Aas. Bloß Lust zum Essen. Es ist zum Kotzen.

An der Saaltür haben sich nach und nach Grenzsoldaten eingefunden. Zwei Soldaten setzen sich zum Frauentisch. Ihr Verhalten signalisiert deutlich, daß sie — zunächst jedenfalls — ein Gespräch mit den Frauen vermeiden wollen. Dennoch geben sie Feuer, gießen Sekt nach, stapeln die leeren Teller und schieben Aschenbecher zurecht. Dies alles mit gut erlernter Höflichkeit, aber wortlos. Die Frauen sind beeindruckt.
Der Walzer geht zu Ende. Es wird hell.
Der Kellner weist die Soldaten an einen anderen Tisch. Die an der Tür noch wartenden Soldaten kommen nach und nach dazu.

LINA *am noch immer beeindruckten Frauentisch*
Jesses, sind die höflich.
ANNA Ich denk, ich bin im Kino.
THEA Aber geredet mit uns hamse nicht.
LINA Dürfen die doch nicht. Irgend sone neue Verschärfung.

Musik setzt wieder ein. Es wird dunkel.
Ein Soldat kommt an den Tisch und fordert Anna zum Tanzen auf. Ein bißchen hilflos steht Anna auf.

ANNA *zischt Lina im Weggehen zu*
Verschärfung. Du sagst es!

Ida nimmt Thea an der Hand und zieht sie zur Tanzfläche. Lina sitzt kurz noch beobachtend da, dann kommt auch zu ihr ein Soldat, mit dem sie tanzt. Anna und ihr Soldat tanzen sich in den Vordergrund.

1. SOLDAT Westen?
ANNA Mmm.
1. SOLDAT Wie heißt du?
ANNA Anna.
1. SOLDAT *lacht*
Hab ich mir gedacht.
Was machst du hier in Eisenach?
ANNA Mit meinen Freundinnen schöne Tage.
1. SOLDAT *lacht wieder*
Und ich heiß Otto.
ANNA Es ist aber so.
1. SOLDAT Ich heiß auch wirklich Otto.
Dieser Tanz geht zu Ende.
ANNA Aus ists.

Es wird für kurze Zeit hell. Die Paare bleiben stehen und klatschen. Anna will zum Tisch zurück.

1. SOLDAT *hält Anna lachend fest*
Halthalthalt. So leicht kommst du nicht weg.
Da kommt noch was.

Ein neuer Tanz beginnt, eine Art Zigeunertanz. Begeisterung im Hintergrund. Offensichtlich tanzen dort Ungarn, Polen, jedenfalls nicht Deutsche. Anna und der Soldat tanzen in diese Richtung; Thea und Ida tanzen nun nach vorne. Sofort kommen aber zwei Soldaten — der »kleine Soldat« und der »swingende Soldat« — und trennen die beiden.
Es ist wieder dunkel geworden. Lina und ihr Soldat nun im Vordergrund.

2. SOLDAT Wie alt bist du?
LINA Was schätzte?
2. SOLDAT Schätzen ist immer schwierig. Fünfundzwanzig vielleicht.

Anna und ihr Soldat tanzen vorbei; Anna hört zu.

LINA Junge, leg da ganz ruhig eine Dekade drauf.
ANNA *liebenswürdig vorbeitanzend zum zweiten Soldaten*
Lina ist unschätzbar. Zehnjahralte Zwillinge hat die. Sollte man kaum glauben. Oder?
2. SOLDAT *irritiert*
Ich? Wieso?
LINA *Anna nachrufend*
Warts ab, altes Biest.

Die Runde ist zu Ende. Nach und nach finden sich die Frauen am Frauentisch ein. Lina sitzt als erste wieder dort. Es ist wieder ganz hell.

THEA *kommt, noch außer Atem, dazu und zündet sich heftig eine Zigarette an*
Können Sie Swing, fragt der mich.
LINA Und? Kannst du doch?
THEA So halb. Das ist schon traurig. Komm ich hier her und soll Swing tanzen können.

Anna kommt erhitzt, verschwitzt zurück; ihr Soldat verbeugt sich korrekt und geht dann zum Soldatentisch.

ANNA *schniefend*
Die machens noch mit Eins-zwei-Wechselschritt.

LINA Und Körperschluß voll Innigkeit, was! Ich hab dich nicht aus den Augen gelassen.

ANNA Gräßlich, ja. Ich schwitz immer so.

LINA Das Feuchtwarme macht doch den Reiz. Gemeinsam geschwitzt, schon ist der erste Schritt geritzt.

Ida kommt zuletzt an den Tisch. Sie und der kleine Soldat, der mit ihr tanzte, waren alleine noch und offenbar ernsthaft redend auf der Tanzfläche stehengeblieben wie verloren.

IDA *begeistert*
Die können hier noch richtig tanzen. Ist das aber schön hier.

LINA *muffig*
Walzer, Foxtrott, Chachacha.
Ich denk, ich bin in der Tanzstunde und noch nicht zwanzig.
Mit Verbeugen vorher und nachher und einer riesen feuchten Hand im Kreuz.
Dauernd steh ich auf meinen Kleidern.

THEA Bisher ist das noch immer mein Rock.

LINA Den wollt ich auch nicht mal geschenkt.

IDA Und die Ungarn, und die Polen dort drüben? Von wegen Chachacha. Die tanzen wie die Teufel.
Pause.
Und mein Soldat ... endlich einer, der weiß, wos langgeht.
Pause.
Ach, bin ich glücklich.

THEA *fast mütterlich herzlich*
So ist es recht. Sei du nur glücklich. Ich glaub, ich muß uns nochn Sekt bestellen.

LINA Was sonst. Damits Glück nicht vergeht.

Lina rückt langsam und beiläufig zum Soldatentisch und vertieft sich mit den Soldaten in ein Gespräch.

IDA *leicht überdreht und konfus*
Man feiert sonst ein Fest am andern und sieht kein Land.
Man redet und redet und kommt nicht zur Sache und hinterher ist alles wie vorher.
THEA *begütigend, aber ein bißchen begriffsstutzig*
Wir feiern ja gar kein Fest.
IDA Hier ist alles viel klarer.
Hier fragen sie zuerst, wie alt du bist.

Anna und Thea kichern.

IDA Ihr lacht. Dabei bin ich wirklich nicht die Jüngste.
Ich kam ihm aber jünger vor.
ANNA Meiner hat mich zuerst nach dem Namen gefragt.
Dann kam aber auch s Alter.
THEA Wir hatten kaum den ersten Schritt getanzt, da wollt er wissen, ob wir ausm Westen ...
ANNA Das sowieso.
IDA *ungeduldig*
Wieso tanzt hier denn keiner.
Tanzen.
Ach will ich tanzen.
THEA Die Musik macht noch Pause. Sei nicht so gierig.
IDA Ist es nicht wirklich schön hier!
THEA *streicht ihr übers Gesicht*
Ja, es ist schön.
IDA Und vielviel schöner als Paris.

LINA *hat zurückkommend Idas letzten Satz gehört*
Paris wär trotzdem nicht schlecht.
IDA Parisparisparis. Da siehst du immer bloß aus wie ne arme Verwandte.
LINA Lieber spielst du hier die Tante ausm reichen Westen, was?
IDA *wütend*
Was willst du denn von mir? Ich fühl mich wohl. Ich renn nicht rum mit eim Gesicht, das dauernd sagt: das kommt aus Paris und duftet ganz teuer; für diesen Schnitt hab ichn Hunderter bezahlt.
THEA *getroffen*
So hab ich das doch nicht gemeint.
IDA *schreit*
Gesagt ist gesagt und getan.

Die Musik setzt wieder ein.

ANNA Weiter gehts.
Jetzt will ich mit der Ida tanzen.

Es wird wieder dunkel. Ida folgt Anna bereitwillig auf die Tanzfläche. Lina und Thea werden wieder von Soldaten zum Tanzen gebeten. Ida und Anna werden schon nach ein paar Takten von »ihren« Soldaten getrennt. Anna tanzt bald schon engumschlungen innig auf der Stelle tretend. Ida und ihr kleiner Soldat reden unaufhörlich während des Tanzes. Lina zieht, soweit dies bei dieser gepflegten Tanzmusik möglich ist, eine Art Disco-Tanzshow im Alleingang ab; ihr uniformierter Partner hopst etwas überflüssig neben ihr herum. Thea wird wieder zum korrekten, langschrittig-raumgreifenden Gesellschaftstanz gezwungen. Dabei wird es allmählich dunkler. Die Musik spielt weiter.

Wenn es hell wird, sitzen die Frauen schon am Frauentisch.

IDA Ein bißchen bin ich, glaub ich, schon betrunken.
ANNA Wir ham den Sekt zu schnell getrunken.
THEA *dem Kellner lange Blicke schickend*
Das kommt vom Tanzen.
IDA Mir ist egal, von was es kommt. Ich bin vergnügt.
Pause.
Der Witold hat nie geglaubt, daß wir einmal plötzlich abhauen.
Jetzt ists passiert.
Sie leert ihr Glas in einem Zug und guckt dann suchend auf dem Tisch herum.
THEA Was fehlt dir?
IDA Was schon. Sekt natürlich.
LINA Wer hat gesagt, für diese Reise brauchts keinen Stoff?
IDA Meine Laune machst du mir nicht mies. Ich fühl mich wohl.
Pause. Gespielt beiläufig.
Wundert euch nicht, wenn ich nachher eine Zeitlang verschwinde.
ANNA Wieso? Wohin? Und mit wem?
IDA Die Straße rauf und runter ein bißchen.
Pause. Dann ablenkend.
Hier trink ich richtig gerne Sekt.
Zu Haus, das ist was anderes. Da kipp ichn Schnaps rein und denk, der Kopf wird mir freier. Und noch ein und noch ein und fühl mich schließlich abgeschunden und mein Hirn wie verrückt.
Am nächsten Tag bin ich bloß schrecklich ruiniert und stier vor mich hin und denk, so geht es nicht weiter.

LINA Und hier fühlst du dich wohl, und es geht doch so weiter.
ANNA Ich bestell noch eine Flasche.
IDA Jetzt bin ich aber dran.
ANNA Sei still. Du hast seit heut mittag kein Geld mehr.
IDA *lacht*
Deshalb halt ich noch lange nicht den Mund. Ich bestell. Du bezahlst. Und keine Widerrede.

Sie hält den vorbeihastenden Kellner auf, bestellt den Sekt, der Kellner zwinkert Thea zu und geht sofort die Flasche holen. Als er sie an den Tisch bringt, kommt schnell Idas kleiner Soldat, von Theas swingendem Soldaten gefolgt, und übernimmt das Öffnen. Dem folgenden Gespräch hört Idas kleiner Soldat aufmerksam zu.

DER SWINGER Allerhand.
IDA Was allerhand?
DER SWINGER Was ihr leisten könnt, nicht wahr.
IDA Hör mal, wir alle haben für diese Reise gespart. Bei uns fließt aus der Wasserleitung auch kein Sekt.
DER SWINGER *setzt sich*
Was macht ihr wirklich hier?
LINA *schnell*
Wir wollen morgen zum Frisör.

Der swingende Soldat ist irritiert.

IDA Und auf die Wartburg.
THEA Mit Eseln.
DER SWINGER Eseln?
LINA Was sonst.

DER SWINGER *lächelnd*
Die gibts nicht mehr. Das war früher.
THEA Die gibts. Im Prospekt stehn sie drin.
DER SWINGER Die gibts nicht mehr.
IDA Die gibts.
DER SWINGER Ich weiß. Das waren die Touristenesel. Eine Mark, drei Stück Zucker, dann traben die Viecher.
Das ist vorbei.
IDA Das kann doch nicht sein, daß ich jahrelang an Esel geglaubt hab, und jetzt solls keine Esel geben. Sagen doch Sie mir nicht: es gibt keine Esel. Ich sag Ihnen: wir reiten morgen auf Eseln zur Wartburg.
THEA *eifrig*
Und auch, wenns keine Esel gibt.

Die Frauen lachen.

DER SWINGER *noch mehr irritiert*
Ihr wollt uns wohl ...
IDA Uns gefällts hier. Das ist alles. Wieso geht das denn nicht in eure Köpfe? Daß es schön ist hier. Daß wir nichts wollen.
LINA So ein Quatsch. Wir wollen doch nicht nichts. Wir wollen zum Frisör.
DER SWINGER Ihr suchts euch aus. Ihr kennt die Alpen.
Das Rheinland und Sizilien.
Das wollt ich alles sehen können.
Bayreuth und Nordfrankreich.
IDA Ich war noch nie am Schwarzen Meer.

Es wird wieder dunkel. Wieder Musik. Der swingende Soldat tanzt nun mit Ida, der kleine Soldat mit Thea,

Lina und Anna mit ihren vorherigen Partnern. Und wieder bildet sich eine fröhlich die Beine werfende, wilde Schreie ausstoßende ungarisch-polnische Formation. Anna und ihr Soldat tanzen sich in den Vordergrund. Der Soldat nimmt Anna dicht zu sich.

1. SOLDAT Diese Ungarn. Diese Polen. Schrecklich.
ANNA Was?
1. SOLDAT Spielen sich auf hier und tanzen, wie es ihnen paßt. Ungarn Polen Tschechen — die leben doch von uns. Wir Deutsche ...
ANNA Wir ... was?
1. SOLDAT Eigentlich seid ihr unser Feind. Gut. Aber wenigstens weißt du, wie man tanzt.
Er will Anna küssen, Anna wendet sich weg.
ANNA Du meinst, wir sollen ausgerechnet denen zeigen, was ein Tanz ist, ein deutschdeutscher Tanz. Oder? Dieser Weltmeistertrieb.

Es tanzt sich wieder eine Zeitlang wie von alleine vor sich hin. Dann wird es ganz hell. Anna klatscht kurz für die Musik und geht dann schnell zum Frauentisch. Ihr Soldat läuft hinterher, verbeugt sich, zwinkert ihr vielsagend zu und geht dann zum Soldatentisch.
Ida kommt — auf den swingenden Soldaten einschimpfend — zum Frauentisch.

IDA Worüber ihr jammert! Uns hat man das an der Wiege gesungen. Ihr hättet keine Freiheit. Bei euch gibts keine Lederschuh und keine reine Seide.
Ihr dürft weder muh noch mäh: wir können dies nicht. Wir dürfen das nicht. Das ist nicht erlaubt, und dies verstößt gegen die Vorschrift. Ihr seid so ergeben im voraus schon. Habt ihr ein Gejammer.

Der kleine Soldat gibt Ida kommentarlos Feuer.

DER SWINGER *plötzlich und grundlos amerikanisierend*
Cheers. Darf ich die Damen einladen?
LINA Was sonst.
DER SWINGER Spazierfahrt durch Eisenach. Cheers. Sozialismus bei Nacht. Cheers.
IDA Kommkommkomm mir nicht so amerikanisch. Hier muß ich das nicht hören müssen.
DER SWINGER Ich zeig euch, wie es wirklich ist.
THEA *ruhig und gelassen*
Ohne Moos ist nichts los. Müßtest du doch wissen.
DER SWINGER *zu Thea*
Darüber könnten wir reden, zum Beispiel. Kommst du?
THEA Und ne Briefmarkensammlung hast du wohl gar nicht? Junge, was erwartest du. Glaubst du, ich setz mich in deinen Trabant? ... Paßt es so in dein falsches Bild?
LINA *fürsorglich*
Außerdem sind wir eine Gruppe. Wir verlassen uns nicht.
Sie bietet ihm Kaugummi.
Hier — kriegstn Chewinggum.
THEA *wirft ihm eine Zigarette zu*
Ich schenk dir noch ne Marlboro.
ANNA Wenn ich Seidenstrümpfe hätte, ich würde sie dir dazulegen. Ehrlich.
IDA *den Swinger mit den Augen festnagelnd*
Ihr habt für Angola Schichten geschoben, da waren wir schon längst auf Großwildjagd in Kenia, mein Lieber. Ist das nicht toll? Wie kannst du dich da wundern über unsere dritte oder vierte Flasche Sekt?

ANNA Oder Welt?

Der Swinger verdrückt sich. Der kleine Soldat legt Ida die Hand auf die Schulter. Die Musik spielt wieder. Anna und Lina werden wieder von ihren Soldaten zum Tanzen geschleppt.
Es wird dunkel.
Ida verschwindet mit dem kleinen Soldaten. Die ungarisch-polnisch-tschechische Gruppe, aus der sich fröhliche Leute lösen und Thea zu sich holen, tanzt im Kreis. Ganz dunkel. Die Musik bricht ab.

9

Nacht. Anna und Thea lehnen müde über dem Balkongeländer. Ida kommt dazu. Lina bleibt noch im Zimmer.

IDA Wir sollten einen Kanon singen.
THEA Wo warst du denn so lange?
ANNA Die Straße rauf und runter ein bißchen.
Hat sie doch schon gesagt.
IDA Wir sollten einen Kanon singen, Leute.
THEA Wir sollten aufpassen, daß wir hier nicht rausfliegen heut nacht.
IDA Fliegen. Ja. Ich glaub, heut nacht könnt ich fliegen.
ANNA Ida! Schau! Der Mond ist auch schon schwer und müd.
IDA Zu Haus ... wenn die Nacht kommt.
Die Zimmerdecken ... immer niedriger ...
ANNA Denk jetzt nicht an zu Haus ...
IDA Zu Haus kann ich nur lügen, kommt mir vor.
ANNA Hier lügen wir doch auch ein bißchen, oder?
IDA Schon — wenn wir nicht sofortn Kanon singen.
ANNA Mensch, laß uns haltn Kanon singen.
THEA Ich sing ja mit.
Lina, komm raus! Kanon singen!
LINA *auf den Balkon tretend*
Ihr seid wohl übergeschnappt.
Hier — und um Mitternacht n Kanon.
Sachlich.
Paßt jetzt mal auf. Ich hab das alles ausgerechnet. Ich hatte sieben Saft getrunken. Den habt ihr mitbezahlt. Und ich hab euern Sekt mitbezahlt, aber nichts davon getrunken. Also zieh ich jetzt vom gan-

zen Betrag drei Flaschen Sekt und sieben Saft ab, teil den Rest durch vier —

ANNA *kichert*

Zwei rechts, zwei links, eins fallengelassen.

LINA Vom neuen Rest zieh ich die sieben Saft ab, und teil den andern Rest durch drei …

IDA *wütend*

Komm mir doch hier nicht mit der alten Rechenscheiße.

ANNA Schreibe Null, behalt den Rest.

THEA Obwiewohlismiramabend. Dasn Kanon. Den singen wir jetzt.

LINA Ihr seid ja besoffen. Es geht doch bloß darum, daß ich ausgerechnet hab, daß ich euch allen morgen ein Eis bezahlen muß.

IDA Morgen ein Eis. Wie schön. Da müssen wir jetzt aber singen.

LINA Morgen, Ida, morgen.

IDA *mault*

Morgen immer.

ANNA *ist ins Zimmer gegangen und lockt von da Ida vom Balkon herein*

Ida, komm, wir trinken nochn Wein.

IDA Dann singen wir aber Kanon.

ANNA *ein bißchen verunglückt singend*

Abendstille überall …

IDA *jetzt im Zimmer*

Mein Soldat warn schöner Soldat.

ANNA *jetzt fast ergriffen weitersingend*

… nur am Bach die Nachtigall …

IDA Und auch politisch richtig. Was der wußte … der wußte sogar, was los ist mit uns.

ANNA … singt ihre Weise
klagend und leise …

Plötzlich verdutzt.
Was ist denn los mit uns?

IDA Der hätt euch die Mäuler gestopft.

ANNA Wenn er seins aufgemacht hätte. Vielleicht.

IDA Mein Soldat warn schöner Soldat.

ANNA Sichersicher. Der lyrische Blick.

IDA Der war verliebt.

ANNA *singt zu Ende*
... klagend und leise durch das Tal.

IDA Tolle Leute gibts hier.
Kichert.
Wir sind Soldatenbräute, was?

ANNA Bei uns hätt ich nie mitm Soldaten getanzt!

IDA Ich hab ihm gesagt, drei Tage lang noch denk ich an ihn. Das weiß ich von früher.

ANNA Mit einem Uniformierten tanzen. Mir wird im nachhinein ganz schlecht.

IDA *läßt sich nicht aus der Ruhe bringen*
Ich bin heut ganz zufrieden. Ehrlich.

10

In der Frühe nach der Tanznacht im Zimmer bei Ida und Anna. Anna wird wach. Sie setzt sich an den Bettrand und hält sich leis stöhnend den Kopf. Dann fängt sie langsam und bloß zur Orientierung an, einen bis zwei Blicke auf den Balkon zu werfen, aber die Helligkeit und der weite Himmel tun weh. Also starrt sie lieber wieder auf ihre Zehen, und wandert nach einiger Zeit mit den Augen an ihrer Bettdecke entlang. Da sind braunschwärzliche Flecken.

ANNA Wasn das?
Ida knurrt verschlafen.
Seltsam.
Sie taucht wieder in sich und ihr Befinden zurück.
Ein Aspirin. Oder zwei.
Sie sieht die noch halbvolle Flasche Wein stehen.
Richtig.
Und auchn Schlückchen Wein.
Ja. Das ist fein.
Sie steht auf und will zu dem Köfferchen gehen, in dem sie ihre Aspirin vermutet. Aber auch auf dem Fußboden sind braunschwarz verschmierte Flecken. Sie bleibt stehen, sieht sich ausführlich den Fußboden an, und wirft dann noch einmal den Blick auf ihre Bettdecke.
Seltsam.
Sie prüft den Fußboden genauer.
Was sinnen das für Knüttelchen?
Sie geht verwundert weiter in die Ecke, wo ihr Köfferchen steht, und ist jetzt ganz und gar perplex.
Ida, Mensch, schau dir das an. Da muß irgendein Tier heut nacht reingekommen sein.

IDA *verschlafen, doch irgendwie sofort hellwach*
Was?

ANNA Du — hier liegtn kleiner Scheißhaufen. Wahrhaftig. Echte Scheiße. An meim Koffer hängt auch was. Schlaf ruhig weiter.
Seltsam.
Sie denkt nach. Nimmt einen Schluck aus der Flasche. Zu Ida.
Das ist zu viel fürn Vogel. Oder?
Guck mal. Sieht eher nach Hund aus.
Sie geht auf den Balkon und prüft die Fassaden. Zurückkommend.
Der Balkon geht wirklich bloß rüber bis zum Zimmer von Lina und Thea ... Weiß der Teufel ...
Sie nimmt noch einen Schluck Wein.
Gott gehts mir schlecht. Hunde klettern nicht an Fassaden. Oder? Wie kam das Vieh bloß rein?
Resigniert.
Und ich kann wieder mal die ganze Scheiße wegräumen.

IDA Laß doch, ich helf dir dann. Bloß jetzt: ich komm nicht auf die Beine. Nur eine Stunde noch.

ANNA Da sind schon Fliegen dran. Außerdem brauch ich n Aspirin.
Und zwar sofort. Mir fliegt der Schädel vom Hirn.
Sie sucht Papiertaschentücher zusammen und geht an die Arbeit.
Mensch, ist das widerlich.

IDA *stellt sich stöhnend auf die Beine; dann aber eifrig*
Ich helf ja schon.
Warte, hier hab ich noch Tücher.
Sie kramt in ihrer Tasche.

ANNA Lästerlich! Das stinkt ganz grausig.

IDA Kommkomm. Das ist gleich weg.

ANNA *kommt mit verbrauchten Papiertüchern zum Papierkorb am Waschbecken*

Ja — aberschaudochmal.

Die Handtücher sind auch verdreckt. Und überhaupt: wie kommt die Scheiße an mein Bett?

IDA Was? Wo?

ANNA *empört entschlossen*

Ich frag einfach nach, wer hier aufm Stockwerk n Hund oder sonstn Tier hat. Vielleicht war unsre Tür nicht zu. Wir waren ziemlich hinüber. Trotzdem: die solln gefälligst ihre Bestien hüten.

IDA *putzt verbissen weiter*

Du, Anna ...

ANNA *saubermachend hin- und herrennend*

Schlaf du ruhig weiter. Ich muß bloß an den verschissenen Koffer. Ohne Kopfschmerzmittel bin ich verloren.

IDA Das war nämlich ich.

ANNA Was warst du?

IDA Du gibst doch keine Ruh.

Ich wills auch nicht vertuschen.

Sie setzt sich auf ihr Bett.

ANNA *begriffsstutzig*

Was?

IDA Was was? Das. Ich weiß nicht mehr, was war. Stockdunkel wars, und ich habs im Gedärm gespürt und wie verrückt die Tür zum Klo gesucht und war plötzlich im Flur und hab gottlob noch gewußt, daß der Flur nicht das Klo ist, und bin sofort zurück, da war aber wieder das Zimmer.

ANNA Das Zimmer war ja auch kein Klo.

IDA Ich war doch immer noch besoffen, Menschenskind, und es wurde so dringend, ich wußte nicht, wo rechts und links, und bin auf den Balkon, da war ich im Freien, aber kein Klo, wieder rein also, und ich weiß, lange kann ich das nicht mehr, und was ich dann gemacht hab ...

Pause. Ich weiß nicht mehr genau, was war.

ANNA *sitzt inzwischen stoisch an ihrem gefleckten Bettrand*

Man kanns rekonstruieren.

IDA Es war zum Verzweifeln.

ANNA Ausweglos sozusagen. Das muß schlimm sein. Ja.

IDA Später bin ich wachgeworden im Bett und hab gefroren wie ein Schwein. Da war ich plötzlich nackt. Und hab mein Nachthemd gesucht. Das war bei dir im Bett dann. Da hab ich mich gewundert, das weiß ich noch. Ich hab mich gefragt: wie kommt mein Nachthemd in dein Bett. Und dann ist mir die Scheiße wieder eingefallen. Ich wollte alles weg und sauber haben. Schnell. Auf einen Schlag hab ichs Etagenklo wieder gewußt. Da war bloß kein Papier.

ANNA Ja ... nun.

IDA Nur das Gemeinschaftshandtuch hab ich mitgenommen ... Ich hab bestimmt ne Stunde lang geputzt. Bloß hab ich nicht gewußt, wo überall ... und wie ... und was.

ANNA Gleichmäßig umverteilt ist jetzt die Scheiße jedenfalls.

Plötzlich aktiv.

Das ist, wies ist ... Gut also.

Mach du da hinten sauber, ich dreh den Bettbezug unds Laken um — hier wird nicht täglich frisch bezogen nämlich.

Draußen, glaubst du, sind keine Spuren?

IDA Wo?

ANNA Aufm Etagenklo und so.

IDA Nein.
Denkt kurz nach.
Nein, da kann nichts sein.
ANNA Wir sehen trotzdem nach.
Bettücherwechselnd.
Dann müssen wir uns aber waschen und zum Frühstück. Wir sollten schon seit zehn Minuten unten sein.
Daß ich eigene Handtücher mithab, ist eine Fügung des Schicksals.
IDA Mir ist das . . . also eigentlich darf sowas nicht passieren.
ANNA Hör auf mit dem Gewimmer.
Passieren kann alles.

IV

11

Die vier Frauen sitzen beim Frühstück. Frühstückssaal und Tanzsaal sind identisch, nur läßt die frische Frühstücksbedeckung den Raum erscheinen, als hätte er nie nächtliche Ausgelassenheit geborgen. Die in einer Ecke abgestellten, abgedeckten Musikinstrumente lassen es aber dennoch ahnen. Nur Thea frühstückt ausführlich, die anderen wirken recht angeschlagen.

ANNA *mit Blick auf das Bier, das Thea vor sich stehen hat*
Ein Bier am frühen Morgen.
Das wird ein heller Tag.
Pause.
Daß jetzt kein Mann am Tisch sitzt, ist schon schön.

IDA Heutnacht — und unsere Männer: Der Morgen wär die Katastrophe.

LINA Und wär er nicht. Du wärst doch nie und nimmer mit diesem Lyrischen die halbe Stunde in die Nacht verschwunden.

IDA Da war ja nichts.

LINA Mich interessiert das nicht.

IDA *beharrlich*
Da war aber wirklich nichts.

ANNA Wieso denn soll da nichts gewesen sein. Ich seh das gar nicht ein.

IDA Was war denn?

ANNA Daß einer mitten innem Tanz und im größten Gewühle mich langsam festhält, mich aufmerksam anguckt, stehenbleibt und mirn Kuß gibt —

LINA *genüßlich*
Son richtig innigen, deutschdeutschen Kuß —
THEA *kaut gemütlich*
So bodenständig —
ANNA — ist doch nicht nichts.
Neugierig-mißtrauisch zu Ida.
Du bist nicht wegen nichts mit ihm verschwunden. Mach mir nichts weis. Da war doch was. Das will ich wissen.
IDA *kichert ablenkend*
Ich glaub, ich hab mich wie mit vierzehn benommen.
THEA Wir sagens nicht weiter. Sei ganz beruhigt.
LINA Nicht mal den Frauenzentrumsfrauen. Ehrlich versprochen.
IDA Wieso denn? Was? Mit denen komm ich klar.
LINA Bleib mir mit Frauenfrauen bloß vom Leib. Schau sie dir an. Jahrelang sitzen sie da mit blassen Ärmchen und dünnen Gesichterchen und jammern sichs gleiche Leid von der Seele. Wenns hoch kommt, richten sie Lektürekurse ein und rollen das Problem mit Literatur seit Adam und Eva auf. Dann kommt die Selbsterfahrungsnummer. Schon sind zwei Jahre rum. Zu Haus herrscht nach wie vor dasselbe Elend.
Solln sie doch abhaun, wenn der Alte wirklich ein Giftzwerg ist.
THEA Das kann nicht jeder. Wenn Kinder ...
LINA Wennkinderwennkinder! Meine Zwillinge waren sechs Monate alt bei der Trennung. Ich hab von dem Witz an Sozialhilfe und vom Adressentippen gelebt.
Einfach ist weggehen nie. Aber besser.
ANNA Hier spricht die blanke Lebenserfahrung.

Lina wirft ihre leere Eierschale nach Anna.

IDA Es gibt auch Momentanes. Und das muß ausgefochten werden. Weggehen geht immer.

LINA Fürs Momentane hab ich keine Zeit. Oder kannst du dich zwei Tage lang depressiv aufs Bett legen mit Birkenblättern auf den Augen?
Das hat mir eine im Frauenkulturzentrum gegen Depressionen empfohlen.

ANNA So ein Quatsch.

LINA Eine Dozentengattin. Die hat, und ohne was zu tun, im Monat vielviel mehr Geld zur Verfügung als ich mit meinen gefräßigen Monstern. Und beschwert sich, weil ihr Guter nie Zeit für sie hat und sogar abends noch liest. Das schadet ihrem Selbstwert, hat sie mir lang und breit erklärt. Dann tu doch was für deinen Selbstwert, sag ich. Und was? fragt sie und guckt mich an mit ihren Birkenblätteraugen. Arbeiten, hab ich gesagt. Schon keift sie los, ich wär dogmatisch ... Da schnapp ich mir liebern knackigen Lehrling. Mit dem verbindet mich mehr.

Die Frauen lachen. Ida zündet sich eine Zigarre an.

LINA Mir machen Männer im Prinzip nämlich Spaß.

THEA Ich find ja auch, daß Männer eine feine Sache sind.

LINA Und Frauen gibts, denen mußt du einfach eine schieben.

ANNA Und Männer erst. Mein lieber Schwan!

LINA Stimmt.
Immerhin — denen kannst du in den Hintern treten.
Aber Frauen?
Irgendwo, schließlich und endlich, bin ich auch eine.

IDA Männer hin, Frauen her.
Wir müssen zum Frisör.

THEA Nicht mal in Ruhe frühstücken kann man. Das nennt sich dann Vergnügungsreise.

Aufbruch.

12

Beim Frisör. Eine Reihe Frisierhauben auf der einen Seite des Raumes, eine Wartebank auf der anderen. Zwei Waschbecken sind — vor Spiegeln — im Hintergrund in der Nähe eines Durchganges so angebracht, daß man die Fortsetzung der Waschbecken und damit den eigentlichen Ort des Frisörgeschehens im unsichtbaren Hinterraum, zu dem der Durchgang führt, weiß. Die vier Frauen sitzen, neben ein paar anderen Frauen, auf der Wartebank und sehen auf die Frisierhaubenreihe — die Hauben sind z.T. unbesetzt, nach hinten — kaum zu sehen — ahnt man Frauen daruntersitzend; den Frauen gegenüber sind, auf entsprechenden Gestellen, Kopfattrappen mit aufgedrehten Perükken unter der Haube. Jede Frau sieht also einem Perükkenkopf sich gegenüber.
Während der Szene kommt immer wieder eine Frisöse aus dem uneinsehbaren Raum durch den Durchgang und fordert eine der Frauen auf der Wartebank zum Mitkommen auf.

LINA *die als erste in dieser Umgebung ihre Sprache wieder findet*
Das seh ich schon: das geht in einer Reihe nacheinander.
Gleichzeitig geht hier nichts.
THEA Wer ist der erste dann bei uns?
LINA Die Ida natürlich.
IDA Wieso denn ich?
LINA Du bist die Älteste.
Außerdem haust du sonst ab.
ANNA Wir gehen alle mit, wenns soweit ist.
THEA Ja, Ida, wir begleiten dich.

Ida wird als nächste aufgerufen. Die anderen Frauen begleiten sie, worüber sich die Frisöse ein wenig wundert.

IDA Ich will mich färben lassen.
Atmet tief und entschlossen.
Und zwar grau.
FRISÖSE Grau?
IDA Grau.
DIE DREI ANDEREN FRAUEN Ja. Grau. Wir wollens alle grau.
FRISÖSE Das geht nicht.
ANNA Wieso denn nicht.
Grau ist doch eine Farbe wie jede andere. Oder?
FRISÖSE *mustert die Haare Idas, dann die der Frauen, dann die Frauen selbst*
Sie sind zu dunkel.
Man müßte die Eigenfarbe erst herausbleichen.
ANNA Gern. Gut.
FRISÖSE Wenn das frisch ausgebleicht ist, dieses Haar, nimmt es nicht ohne weiteres die neue Farbe an.
ANNA Bei uns schon.
Bleichen Sie halt kräftig alles raus.
LINA Und dann die neue Farbe nichts wie drauf.
FRISÖSE *überlegt*
Das geht nicht.
Frisch ausgebleichtes Haar reagiert ganz unberechenbar. Wenn ich ein Grau draufsetze, kann es sein, daß Gelblichgrün rauskommt.
Ihr Haar kann kaputtgehen sogar. Das geht an die Substanz.
THEA Wir riskieren das.
Mein Haar ist kräftig.
ANNA Gelblichgrün aber?

FRISÖSE Eindeutig grau schafft man im ersten Anlauf nicht. Das wär schon eine lange Prozedur...

IDA *wendet sich entschlossen zum Durchgang*
Dann will ich Dauerwellen.

FRISÖSE Das ist kein Problem.

IDA *aus dem Hinterraum*
Also.

Ziemlich ratlos gehen die drei anderen Frauen auf ihre Warteplätze zurück.

THEA Und jetzt?

ANNA Du läßt dir auch am besten Dauerwellen machen.

THEA Ich hab so einen guten Schnitt.

ANNA Quatsch. Du brauchst ganz dringend Dauerwellen.

THEA Und ihr?

ANNA Rot. Wenn schon Farbe. Rot.

LINA Rot ist gut. Ich auch.
Farbtafeln werden sie wohl haben. Ich will ein anderes Rot als du.

Thea nimmt Idas Fotoapparat, fotografiert die Hauben — einzeln und insgesamt, die Perückenköpfe, die Waschbecken vor den Spiegeln — wie ein Tourist den Eiffelturm. Die Frisöse kommt und deutet vage lächelnd auf Lina. Lina geht nach hinten und wird von der Frisöse in den unsichtbaren Raum gewiesen. Die lockengewickelte Ida kommt aus diesem Raum und wird von der Frisöse an eines der sichtbaren Waschbekken vor den Spiegel gesetzt. Die Frisöse stellt einen Wecker ein. Ida hat also nichts als das Weckerklingeln abzuwarten, zu sehen ist überhaupt nichts als Warten.

Thea fotografiert Ida im Spiegel. Die Frisöse wirft einen prüfenden Blick in den Hinterraum und bedeutet Thea, daß dort noch ein Platz frei wird. Thea übergibt Ida den Fotoapparat und verschwindet durch den Durchgang, während eine sichtbar frisch frisörfrisierte Frau herauskommt, den Hauben-Warteraum in dieser Mischung aus Unsicherheit und Stolz über die neue Frisur durchquert und verläßt. Anna sitzt jetzt allein mit noch zwei einheimischen Frauen auf der Wartebank. Ida geht mit Frisierumhang und Dauerwellenwicklern eifrig fotografierend um.

1. WARTENDE FRAU Die machen sich einen Spaß. Ich muß doch weiter.

2. WARTENDE FRAU Ich will bloß nachschneiden lassen. Mein Mann kommt heut nach Haus über Mittag. Die hier blockieren alles. Ich geh nicht fürs Vergnügen zum Frisör.

Anna versucht, so zu tun, als gehe der Ärger der Frauen sie nichts an; man spürt aber, daß ihr unbehaglich zumute ist. Als Ida ahnunglos fröhlich auf sie zukommt, um sie zwischen den beiden Frauen sitzend zu fotografieren, zischt Anna sie entnervt an.

ANNA Hör endlich auf mit dieser idiotischen Knipserei.

IDA Ich knipse nicht, ich fotografiere.

ANNA Ist mir ganz egal, was du tust. Es ist auf jeden Fall idiotisch.

IDA Ich denk, ich soll die Reise dokumentieren. Dazu gehören Fotos Vorher-Nachher.

ANNA Und auf Schwarzweißfilm kommt die Farbveränderung bestimmt ganz deutlich raus. Oder?

IDA Aber die Dauerwellen.

Anna wird aufgerufen. Ida läuft ihr fotografierend hinterher. Anna bleibt kurz stehen.

ANNA Wir führen uns hier auf wie im Zoo. Merkst du denn nicht, daß das die Leute beleidigt.
Erst müssen sie warten, und dann werden sie auch noch fotografiert.
IDA Wir haben auch gewartet. Treib die Rücksicht nicht zu weit.

Anna geht auf die Frisöse zu im Begriff, ebenfalls nach hinten durchzugehen. Die Frisöse hält sie aber zurück und verweist sie an den Waschbeckenplatz neben Ida.

FRISÖSE *sehr freundlich*
Und jetzt, was machen wir mit Ihnen?
ANNA Ein warmes, schimmerndes Rot. Wenn es das gibt?
FRISÖSE Tizianrot. Vielleicht.
ANNA Das klingt, als müsse es schön aussehen.
Sehr schön. Machen wir das.

Die Frisöse legt Anna Handtücher und Frisierumhang um. Anna beugt sich ins Waschbecken vor. Wenn das Wasser über Annas Kopf fließt, macht Ida ein Foto.

13

Die Frauen, auffallend gedauerwellt bzw. leuchtend rot gefärbt, auf einem Waldweg zur Wartburg. Entfernt schimmernd die Wartburg, näher liegend die Eselstation.

ANNA *bleibt keuchend zurück*
Die Wartburg ... Mensch ... ist die weit oben.
Sie läßt die Frauen weitergehen und lehnt sich gegen das Weggeländer.
Mir reichts. Ich will nicht weiter.
Zur Wartburg hochsehend.
Ich bin doch kein Vogel.
Dann, nachdem sie eine Zeitlang auf die Erde gestarrt hat, geht sie in die Hocke, sucht kleine Zweigchen, die sie sorgsam an bestimmte Stellen legt.

LINA *zurückkommend*
Nicht aufgeben, Annachen. Bald sind wir an der Eselstation und ruckzuck oben dann.

ANNA *mit ihren Zweigchen beschäftigt*
Eine Ameisenstraße, siehst du. Irgendwo muß der Bau sein.

LINA *sieht jetzt die Ameisen*
Wie viel das sind.

ANNA Denen blockier ich jetzt den Weg.

LINA Laß die Viehcher in Ruh und komm mit.

ANNA *steht wieder auf*
Die klettern einfach drüber.

LINA Weiter. Los. Gleich sind wir da.

ANNA Das denk ich schon die ganze Zeit, und dann kommt wieder eine Biegung durch den Wald. Die Wartburg ist weiter weg als je.
Ich komm da nie hin.

LINA Du kommst jetzt trotzdem mit.

Thea und Ida kommen verärgert zurück.

IDA Was ist denn los?
LINA Die Anna will nicht weiter.
IDA *loseifernd zu Anna*
Wir sind fast da. Die Esel kann man schon riechen.
Und hier — dort — da ... siehst du doch die Wartburg.
ANNA Von hier aus eine wunderschöne Burg.
Die Schönste. Vielleicht. Und oben bröckelnde Mauern.
Ich warte lieber hier und denk sie mir.
Zu Ida.
Mach mir ein schönes Foto vom Rosenbrotwunder.
Es ist da oben angemalt.
Pause.
Ein fotografiertes Wunder ham wir dann immerhin.
IDA Diese Alleingängerei ... das hat was Lächerliches ... Komm wenigstens mit bis zur Eselstation.
THEA *bestärkend*
Auf den Eselsritt hab ich mich so gefreut.
Ich war doch auch beim Frisör, obwohl ich nicht wollte.
ANNA *lacht plötzlich und fährt der Thea durch die Haare*
Dafür hast du jetzt schöne Locken auf dem Kopf ...
Gut. Also weiter.

Die Frauen steigen weiter und kommen auf die Eselstation zu, in der aber keine Esel stehen.

LINA Ich fühl mich schon wie Josef und Maria.

THEA Und ich mich wie Jesus beim Einzug in Jerusalem.
ANNA Da hamer ja die Holy Family komplett.
IDA Bis auf die Ochsen.

Jetzt stehen die Frauen endgültig vor der leeren Station.

IDA So.
Sie mustert die leeren Boxen und schnuppert in die Luft.
Was hab ich gesagt: die Esel gibts.
THEA *liest andächtig die Eselnamensschilder*
Jonny ... Jim ... Karl ... Hansl ... Sepp.
LINA Keiner da.
IDA *störrisch*
Es gibt die Esel aber.
ANNA Man sieht sie bloß nicht.
LINA *brüllt von einer Ecke, an der ein Schild hängt*
Hier stehen die Zeiten ... Montags bis Freitags ... neun bis zwölf Uhr ... und vierzehn bis sechzehn Uhr ... Es ist halb fünf. Wir sind zu spät.

Hilflose Pause.

IDA *plötzlich*
Das laß ich mir nicht bieten. Die Esel gibts.
Ich komm hier her von weiß der Teufel wo. Da laß ich nicht mit mir um Zeiten rechten.
IDA Ich laß mir die Esel nicht nehmen.
Wütend besteigt sie das Weggeländer und ahmt, den Riemen ihrer Handtasche wie Zügel haltend, Reitbewegungen nach.
Wir reiten auf die Wartburg. Leute. Los.
Auf Hansl! Lauf! Zur Wartburg! Los!

Thea und Lina schwingen sich, nach kurzer Verblüffungszeit, auch aufs Geländer. Die drei Frauen sitzen nun handtaschenriemenhaltend, erregt reitend und ausgelassen kreischend hintereinander auf der Geländerstange.

THEA Hoi hoi hoi.
Komm Sepp komm. Hoi. hoi.
Los, los.
IDA Auf die Wartburg. Schnell. Schneller.
LINA Packs Jonny. Los los los.
Die Wartburg. Packs.
IDA Zur Wartburg, Leute.
THEA Juhu!

Das geht eine Zeitlang so weiter und Anna sieht, ans Geländer gelehnt, mal zu den Frauen, mal zur Wartburg. Dann nimmt sie der hektisch reitenden Ida den Fotoapparat von der Schulter und macht — sorgfältig Ausschnitt und Entfernung prüfend — eine Fotografie der drei auf einer Weggeländerstange zur Wartburg reitenden Frauen.
Die Frauen erstarren augenblicklich zu Figuren einer Fotografie.

V

14

Nacht. Die Frauen liegen in ihren Betten. In beiden Zimmern brennen noch kleine Nachtlämpchen. Nur der leere, schmiedeeiserngeländerte Balkon ist durch ein helles Licht hervorgehoben. Bei Lina und Thea geht das Nachtlämpchen aus.

IDA Was denkst du?

ANNA Ich weiß es nicht. Die Frauen beim Frisör heut morgen ham mich erschreckt.

IDA Die wollten nach Hause zum Kochen.
Leicht aggressiv.
Wieso sollen denn die geduldiger sein? Meine Schwiegermutter zum Beispiel samstags im Supermarkt ...

ANNA Also bitte, werd nicht geschmacklos.

IDA Wieso verlangst du dauernd von den Leuten, sie sollen andere sein. Unmenschlich ist das.
Die sollen uns nicht nachsehen auf der Straße. Dabei schwirren wir rum wie die Pfauen.

ANNA Ihr vielleicht. Ich mach auf michn ganz soliden Eindruck.

IDA *fängt Wein an zu trinken*
Die sollen uns jeden Tag frische Handtücher geben. Und dir dein Bettchen täglich neu beziehn. Flaumweiches Klopapier für den sensiblen Arsch.

ANNA Jetzt hör aber auf.

IDA Die sollen sich über Trinkgeld nicht freuen und nicht einmal die Alpen sehen dürfen wollen.

ANNA Du ausgerechnet! Missionierst für Georgien,

Sibirien, das Schwarze Meer und weiß der Teufel. Von mir aus kann der ganze Ostblock in die Alpen, am besten in die Schweiz.
Mir soll das recht sein.

IDA Weils dir ins Bild paßt, deshalb. Ihr seid doch froh, wenn ihr mal einen trefft, der rüber will.

ANNA Was also jetzt: soll ich sie rüberlassen oder nicht.

IDA Komm mir nicht so.

ANNA Ich werd dir doch noch sagen dürfen, was mir auffällt. Gerade dir. Du drehst mir keinen Strick draus, denk ich mir.
Daß ich traurig bin, wenn die Frisöse mir sagt, sie will am liebsten nach Bad Homburg in den Kosmetiksalon ihrer Tante; da verdient man mehr Geld. Daß ich wütend bin, wenn die mir nicht glauben, daß ich nicht alle Naslang in die Bretagne kann, weil ich hab nämlich kein Geld.

IDA Und daß und daß und daß und daß.
Du rennst hier rum wien Mikrobenjäger und suchst den besseren Menschen. Was willst du eigentlich. Der Kommunismus ist keine Heilsarmee.

ANNA Schrei doch nicht so.
Mir ist das alles völlig unverständlich. Du hast in diesen Tagen vollkommen den Verstand verloren.

IDA Ich war noch nie so bei Verstand. Ganz ausgerechnet hier verlangt ihr von den Leuten alles. Und wenn sie dann nicht alles bringen — schon habt ihr recht, und die Menschen sind wie sie sind, und alles ist wie es ist.

ANNA Ich will aber gar nicht recht haben damit.

IDA Im Hinterkopf doch.

ANNA Menschenskind Ida, ich weiß doch, daß es bei uns bloß so aussieht, als wär alles besser. Du denkst doch aber auch nicht unablässig an die Hungernden der Welt, wenn du ein Fläschchen köpfst. Und tu nicht dauernd, als wär ich der Kapitalismus persönlich, wenn ich nicht ständig vor Begeisterung jauchze.

IDA Dazu müßt man dir schon den Himmel auf Silbertabletts servieren. Gottlob, daß sies nicht tun. Ihr hättet ja plötzlich keinen Grund fürs Zurückfahren mehr.

ANNA Laß uns jetzt schlafen.

IDA Achja, schlafenwollen, wenns kritisch wird. Willst du zurück oder nicht? Leg doch die Karten auf den Tisch.

ANNA *müde*
Das ist nicht die Frage.

IDA Und ist sie doch. Das ist sie genau.

ANNA Dann geh ich rüber zum Schlafen. Ich bin bloß einfach müde. Gute Nacht.

Anna knipst das Nachtlämpchen aus, tapst über den Balkon zur anderen Tür, horcht kurz und klopft dann energisch. Thea kommt zur Tür.

ANNA *an der Balkontür*
Geh du rüber zur Ida. Ich halt das nicht mehr aus.

THEA Jetzt ist mein Bett gerade warm.

ANNA *schlüpft ins Zimmer und schiebt Thea hinaus*
Meins drüben ist noch frisch und kühl. Gut Nacht.

Thea verschwindet in Idas dunklem Zimmer. Bei Lina geht das Nachtlämpchen an. Dort setzt Anna sich auf Theas Bett.

LINA Hat die Ida dich fertiggemacht?

ANNA Würdest du hierbleiben wollen?
LINA Ich? Nicht geschenkt.
Pause.
Obwohl mirs jetzt schon vor der Rückfahrt graust.
Pause.
Glaub aber bloß nicht, die Ida würds lang aushalten hier. Abends ab und zu was rauchen, satte Feste abbrennen; von wegen allem mal den Rücken zudrehn und Schichten schieben erst. Die hätte doch als erste Schwierigkeiten.
ANNA *steigt nun in Theas Bett*
Was weiß ich.
Duliebergott, ist das warm hier.
LINA Hier wie dort, sag ich dir.
Du kannst bloß explodieren oder abfaulen langsam.
ANNA Die Ida ist ein Brocken.
Pause.
Wie könnt es in der Zukunft sein?
LINA Fang du nicht auch noch an. Küßt mitten auf der Tanzfläche einen Grenzer, der frisch verheiratet ist ...
ANNA Ich?
Verheiratet? Wer?
LINA Das hat er mir erzählt.
ANNA Richtig. Du hast ja geredet mit ihm. Ich hab ihn bloß geküßt.
LINA Ihr lebt hier, wies euch paßt.
ANNA Das ist nicht das Schlechteste.
LINA Ihr lebt hier aber bloß als ob. Und mir wollt ihr einreden, das wär Sozialismus.
ANNA *dreht sich mit dem Rücken zu Lina*
Drüben fragt mich die Ida, ob ich hierbleiben wollte.
Hier jetzt dasselbe in grün.
Erzähl mir lieber einen Schwank ausm Leben.

LINA Mit der Ida diskutierst du, und ich soll deine chinesische Nachtigall sein. Von wegen. Schlafen will ich. Morgen früh gibts dieses schöne große Frühstück aus den volkseigenen Betrieben. Ich hol mir alles auf den Tisch.

ANNA *dreht sich wieder Lina zu*
Gieriges Biest.

LINA Morgen geh ich allein los. So wahr ich in der Kirche war. Ich muß meinem Dicken Bücher besorgen.

ANNA Keiner büchst aus.
Gähnt. Wer ist dein Dicker?

LINA Mein Aktueller.

ANNA *schläfrig*
Achja?

LINA Der ist schon gut. Manchmal geht er mir auf die Nerven.
Pause.
Irgendwann gab es im Fernsehen diese Serien nach Romanen irgendeiner — ich weiß den Namen nicht mehr; wo immer eine ganz Arme mit einem reichen Baron oder Grafen. Ich guck mir das an, denke, mein Dicker schläft lang. Pfeif ich also auf die intellektuelle Distanz und leide mit der Armen. Und fühl mich auch so verkannt und getreten und heul synchron mit der Armen im Fernsehen.
Anna wird wieder aufmerksam.
Aber auf mirakulöse Weise war die dort immer schon reich oder adlig. Das macht natürlich alles noch schlimmer: dort eine Feine, und du hockst im Elend, bist in das Elend jetzt so richtig eingestiegen und fühlst dich ja schließlich auch irgendwie edel, wirst aber nicht reich. Klar heulst du da Rotz und Wasser.

Plötzlich geht die Tür auf, mein Dicker steht da, wirftn müdn Blick aufn Fernseher, ich reib mirn Rotz ausm Gesicht, muß er ja nicht unbedingt sehen. Der erfaßt aber die Lage sofort, schüttelt den Kopf, murmelt Gottdieseweiber und verschwindet.
Erschlagen hätt ich ihn können, erwürgen mit bloßen Händen.

ANNA *seufzt scheinheilig*
Jaja, die Tragödien, die im Verborgenen blühn.
Dort wo die Sonne sinkt.
Wenn einer tot bleibt, weiß keiner warum.

LINA Du — ich lieb meinen Dicken.

ANNA Natürlich.
Die Ida hat dem Witold zwei halbe Hosen zum Geburtstag geschenkt. Weil sie ihn liebt.

LINA Wasmachtmannichtalles ...
Die Gisela hat mir erzählt —

ANNA Menschenskind, gehts der denn noch immer so dreckig?

LINA Das ist eine verrückte Geschichte.
Der Heinrich ist ja zehn oder fuffzehn Jahr jünger als sie. Lacht er sich, wie im Bilderbuch also, was Junges, Knackiges an. Gisela, was macht sie, denkt ernsthaft ans Alter und haut ab.

ANNA Bis dahin kenn ich das Ganze.

LINA Jetzt fängts erst an.
Gisela ist völlig verzweifelt und frißt und säuft sich dumm und dämlich, wabert wie eine Dampfnudel auf, und Jungheinrich macht mit der Knackigen auf dynamisch.

ANNA Das kenn ich doch alles.

LINA Jetzt verliebt sich aber, oder was weiß ich, einer in die wabernde Gisela und Schlag auf Schlag wird das die große Liebe. Die Gisela blüht auf.

ANNA *gähnt*
Wie schön.
LINA Die ist auch wirklich schön geworden wieder.
ANNA *legt sich bequem*
Die Liebe, achja.
LINA Das geht immer noch weiter.
Nämlich die Knackige hat einen aus der alternativen Szene sich zugelegt zwischenzeitlich, so einen mit gemahlenen Körnern morgens, Bienenhonigbrot mittags und abends Wasserpfeifchen und selbstgemachte Lieder. Der schöne junge Heinrich kommt ihr so etabliert vor plötzlich.
Also reist sie mit ihrem Alternativen nach Nepal.
ANNA Der Asientrip, Gott, ist ja auch nicht mehr so sehr ...
Im Märchenton.
Reumütig kehrt Jungheinrich zu Gisela zurück, oder?
LINA Du, der kam wirklich wieder an.
ANNA *kuschelt sich ins Kissen*
Sag ich doch.
Ach, sind das schöne Geschichten. Die hör ich für mein Leben gern. So vorm Einschlafen. Gut Nacht.

Bei Lina und Anna wird nun das Nachtlämpchen ausgeknipst. Der Balkon liegt hell im Außenlicht. Beide Zimmer bleiben eine Zeitlang dunkel. Dann wird bei Ida und Thea das Nachtlämpchen wieder angeknipst. Im Nachtlämpchenlicht sieht man schattenhaft Ida. Sie setzt sich auf den Bettrand und sieht ein wenig ratlos in die Gegend. Sie holt ihren Fotoapparat und prüft ihre Umgebung ausschnittweise. Dann legt sie den Fotoapparat weg. Sie geht zum Spiegel und prüft ihre Falten. Danach setzt sie sich wieder auf ihr Bett und starrt ein

Loch in die Luft. Schließlich knipst sie das Nachtlämpchen aus, schleicht zum Balkon und geht zum dunklen Zimmer nebenan. Nachtlämpchenlicht bei Lina und Anna. Dort rüttelt Ida die Anna wach.

ANNA Spinnst du! Laß mich schlafen.
IDA Ich hab dich geweckt, damit du mir zuhörst.
ANNA Morgen. Laß uns doch morgen.
IDA Dann ist es vorbei.
Sie geht leise wieder auf den Balkon. Dort am Balkongeländer bleibt sie pathetisch, nachthemdwehend stehen.
ANNA *steht schließlich auf*
Gottdieseweiber. Man kommt nicht zum Schlafen.
Pantoffelsuchend stößt sie an Möbel.
LINA *im Halbschlaf*
Wasn los?
ANNA Halt du dich raus gefälligst.

Lina bleibt stumm. Anna findet ihre Pantoffel und geht zu Ida. Bei Lina geht das Nachtlämpchen aus. Anna legt Ida den Arm um die Schulter. Ida nimmt Annas Arm von ihrer Schulter und legt ihn aufs Balkongeländer. Anna läuft ins Zimmer zu Thea und knipst nun dort das Nachtlicht an. Anna redet auf Thea ein. Sie überredet sie zum zweiten Zimmerwechsel. Anna und Thea kommen auf den Balkon. Anna legt wieder den Arm um Ida, die jetzt ein wenig schluchzt.

THEA *mault im Vorbeigehen*
Ihr seid verrückter als fünf Junggesellen.
Das ist das letzte Mal. Jetzt bleibe ich in meinem Bett.
Schlagt euch die Schädel ein von mir aus.

Sie geht ins dunkle Zimmer zu Lina und stolpert dabei polternd über einen Stuhl. Ida und Anna bleiben zunächst auf dem Balkon. Bei Lina geht das Nachtlicht wieder an. Lina fährt wütend aus dem Bett und zündet sich eine Zigarette an.

LINA *zischt*
So! Jetzt bin ich endgültig wach.
THEA *kleinlaut*
Die Anna hat mich rübergeschickt.
LINA Diese Idiotenweiber.
Sich einreden wollen, daß es ihnen noch besser gefällt, als es ihnen gefällt. Das kann ja nicht gutgehn.
Alles hier wäre besser. Überhaupt alles.
Daß aufm Klo kein Klopapier ist, wär besser.
Daß sie keine Handtücher wechseln, wär besser.
Daß die Dichtung am Wasserhahn fehlt, wär besser.
Daß kein Taxi zu kriegen ist, wär besser.
Daß sie keine Fensterrahmen streichen, wär besser.
Und was hier ist wie bei uns, wär hier aber besser.
THEA *traurig*
Mir schaun die Leute hier genauso nach, weil ich so dick bin.
LINA Du frißt aber auch einfach zu viel.
THEA Das ist ganz allein meine Geschichte.
LINA Dann jammer nicht.
Die sollen mir doch nicht einreden, hier wär das Paradies. Wenn wir DDR-Bürger wären, hätten sie uns längst ausm Hotel geschmissen, wie wir uns aufführen.
THEA Wieso aufführen?
Wir benehmen uns doch normal, denk ich.
LINA Denkst du.

Daß wir bis um elf am Frühstückstisch quatschen und du schons erste Bier bestellst als hättest seit 6 Uhr früh an der Maschine gehangen. Daß die Ida Zigarren raucht. Daß wir stundenlang vorm Hotel mit Motorradjungelchen flirten. Daß wir ne Batterie Weinflaschen in den Zimmern stehen ham. Daß wir miteinander tanzen. Daß wir wildfremde Grenzsoldaten küssen. Daß wir in einer Nacht drei Flaschen Sekt leeren und dann aufm Balkon noch Kanon singen. Ist das vielleicht normal?

THEA Wir haben aber gar nicht gesungen.

LINA Mit dir ist überhaupt nicht zu reden.

THEA Dann laß mich wenigstens schlafen.

LINA *zieht mit verbissenem Gesicht einen Stuhl zum Balkon*
Schlaf dich ruhig aus.
Ich setz mich noch ein bißchen raus.
Irgendwo muß noch das übrige Kotelett von der Reise liegen. Laß dirs schmecken oder werfs endlich weg. Gut Nacht.

Ida und Anna verschwinden in ihr Zimmer, als Lina sich auf den Balkon setzt. Im Zimmer von Ida und Anna geht das Nachtlämpchen an. Im anderen Zimmer geht das Nachtlämpchen aus. Ida setzt sich aufs Bett und schluchzt.

ANNA Wasn los?

IDA *schluchzt*
So ein verlorener Haufen.
Sie trinkt aus der Weinflasche.

ANNA *jetzt doch ein wenig distanziert und kühl*
Weltschmerz, jaja. Du hast zu viel gesoffen.
Schlaf jetzt.

IDA *komisch verzweifelt*
Das Trinken kommt vom vielen Reden.
Pause.
So ein verlorener Haufen.
ANNA Ich weiß: wir sollten wieder einen Kanon singen. Klar.
IDA *aggressiv*
Was klar, was klar. Mir ist doch überhaupt nichts klar. Die Lina will nicht da sein und nicht dort. Mit euch red ich mirs Maul bloß fusslig. Man muß doch wissen wollen, wo man sein könnt.
Die Thea will dauernd ihre Delikatessen.
ANNA Ihr Brot und Salz und Butter extra kannst du ihr nicht zum Vorwurf machen.
IDA Als würd man hier nicht satt.
In Cognac eingelegte Erdbeeren gehn ihr ab.
ANNA Laß doch der Thea ihre Erdbeeren und ihren Cognac und ihr Brot mit Butter und Salz.
IDA Ich scheiß auf euern Delikatessenkommunismus.
Der Lina sind die Häuser hier nicht bunt genug gestrichen! Und du, und du ...
ANNA Ja?
IDA Immer weiß ich am Schluß den Anfang nicht mehr. Was hab ich denn bloß sagen wollen ...

Es fängt zu regnen an. Lina nimmt ihren Stuhl vom Balkon und geht ins Zimmer zurück.

ANNA *hilflos*
Hörst du den Regen wieder draußen? Wie am ersten Morgen.
IDA *schluchzt wieder*
Morgen gehn wir zurück. Und diese Reise — als wär sie nie gewesen.

ANNA Quatschundquatschundquatschundquatsch. Wir sind noch hier und betrügen die Welt.

IDA Ich will nicht zurück. Die Welt betrügen ... so ein Quatsch. *Pause.* In die Toskana hab ich immer fahren wollen. Da soll es Eichenwälder geben. Ich hab davon geträumt. Wie ich in der Badewanne sitz und weiß: da werd ich ewig sitzen in dieser heißen stinkenden Brüh. Der Rotz trieft mir aus allen Löchern, und die Toskana mit ihren dichten, duftenden Eichenwäldern war weit.

ANNA Wir sind noch hier.

IDA Euer Gelächter, euer ewiges Gequassel, dieser Zungenschlag. Wie ihr die Leute mustert. Wie ihr die Schwächen sucht. Begriffen habt ihr nichts. Nichts. Das war doch kein Ausflug!

ANNA Leg dich jetzt schlafen.

Ida bleibt am Bettrand, ziemlich angetrunken.

ANNA Komm her, ich deck dich zu. *Anna legt Idas Beine nach oben und deckt Ida zu.* Und über Delikatessenkommunismus reden wir besser, wenn wir irgendwann einmal nüchtern sind. Und Zuhaus. Oder?

Ida kuschelt sich ins Bett.

ANNA Schlaf gut. Und träum von einem großen Tüteneis.

Das Nachtlicht wird auch hier dunkel.

15

Der Balkon am Abschiedsmorgen. Lina und Thea liegen noch schlafend in ihren Betten.

IDA *tritt auf den Balkon, während hinten im Zimmer Anna noch im Bett liegt*
Ist das ein trüber Himmel.

ANNA *dreht sich im Bett um; ohne hinauszusehen*
Die Schwalben fliegen sicher tief.

IDA Jetzt wirds bald Herbst.

ANNA *setzt sich ärgerlich im Bett auf und brüllt zum Balkon*
Erstens ist es Sommer.
Zweitens geht jede Reise mal vorbei.
Drittens will ich noch schlafen.
Sie legt sich wild entschlossen wieder lang.

IDA Zu Hause werd ich von der Reise schwärmen und viel übertreiben. Dabei steh ich mit leeren Händen da.
Zu Anna ins Zimmer.
Wenn ich von hier aus an zu Hause denk, kommts mir so vor, als hätt ich mich von Anfang an getäuscht.

ANNA Wenn du anfängst, sentimental zu werden, kriegst du ein regelrecht blödsinniges Gesicht.

Ida dreht sich wieder nach draußen.

ANNA *steigt aus dem Bett*
Sei nicht böse jetzt. Das ist bei allen Leuten so.
Sie geht auf den Balkon und wird geschwätzig — um etwas gutzumachen.
Geb zu, du trauerst bloß dem lyrischen Soldaten

nach. Er war ja auch genau der Typ, den man beim letzten Wein um Liebe bittet.

IDA Hör doch auf.

ANNA Aber hast du auch seine roten Handgelenke gesehen? Das läßt nichts Gutes ahnen. Vom Tageslicht, ich schwörs dir, wär diese Liebe schnell gefressen worden.

Ida geht ins Zimmer.

ANNA *Ida nachrufend*
Ich weiß doch, daß es nicht der Soldat ist und auch nicht s Wetter.

Ida bleibt stumm.

ANNA Wir müssen zurück. Wie soll ich dir da helfen. Dir kann ich doch im Ernst nicht sagen, zuhaus wärs auch schön.

IDA Das waren schöne Tage.

ANNA Mach uns den letzten Morgen nicht kaputt.
Pause.
Wasch dich erst. Ich leg mich nochmal hin.

Auf dem plakatlos kahlen Eisenacher Bahnhof. Die Frauen sitzen auf einer, durch eine gemeinsame Rükkenlehne verbundenen Doppelbank: Ida und Anna auf der einen Seite, Rücken an Rücken mit Thea und Lina, die in die andere Richtung starren. In eine große Stille hinein fallen tropfenweis die Sätze.

THEA Jetzt heißt es: ade, leichtes Leben.
LINA Morgen geht alles wieder los von vorn.

Stille.

ANNA Heut nacht um zwölf sind wir schon angekommen.
LINA Hierbleiben wollt ich trotzdem nicht.
IDA *leise*
Ich will gar nicht nach Haus.

Klavierspiele

Personen

Sie
Er
Erwin
1. Ältere Frau
2. Ältere Frau
3. Ältere Frau
Bedienung
Freundin
1. Käufer
2. Käufer
Versicherungsvertreter
Drei Männer

Die Bühne: Klatschmohndurchfleckte Kornfelder, eine Sonne, einige Kneipentische, ein Bett, ein Klavier, ein kleines altes Tischchen mit zwei Stühlen o.ä., alles gleichzeitig auf der Bühne.

I

1

Hochsommerfelder. Sie und Er auf diesen Feldwegen durchs Korn, die so ein Naturaufgehobenheitsgefühl machen. Mit wütender Traurigkeit läßt Sie immer wieder Klatschmohnblätter auf ihrem Handrücken knallen. Er versucht auf durchaus anrührende Weise, einen mitgenommenen Eindruck zu machen.

SIE Mir kommt das Grün und Gold ganz ernsthaft vor jetzt.

ER Hör auf.

SIE Was soll ich machen gegen die Natur. Ganz hinten wird die Landschaft manchmal blau. Aber das ist weit.

ER Dich überkommts Naturgefühl, und mir wird vor Erinnerungen schlecht.

SIE Ich lach mich tot. Du bringst dich um. Die Maienpfeifenkindheit, Lieber, ist längst den Baum rauf und den Bach hinunter. Du bistn feiner, saubrer Mensch inzwischen. Dem wird doch einfach gar nie schlecht.

ER Hör auf.

SIE Familien und Häuser unds kriechende Leben hab ich ja schließlich nicht erfunden. –
Alle wollten sie einmal in die Sonne fliegen. Dann haben sie gemerkt, es ist dieselbe Sonne, die ihnen in den Hobbygärten die Bohnen reifen läßt.
Sie wirft Steine über ihren Kopf nach hinten.
Komm, laß uns unter Leute.

Sie hakt sich auf gut Kumpel machend bei ihm unter und zwingt ihn so zum forschen Schritt zurück.

2

Dort stehen ein paar Kneipentische. An einem sitzt die Bedienung, faltet Papierservietten zu Dreiecken – stapelweis – und sieht dabei den Gästen zu. Die beiden setzen sich neben den »Stammtisch«, bestellen sich Schnäpse und bleiben dann sprachlos. Am Stammtisch vergnügt sich laut und unzweideutig ein älterer Mann – Erwin – mit drei älteren Frauen. Die drücken bemiederte Brüste in aller unverschämten Deutlichkeit ihm an die Ellenbogen. Alle drei Frauen sind von gespenstisch abgelebter Vitalität. Zur zweiten Alten, die sich mit gründlicher Aufmerksamkeit wirkliche oder vorgebliche Weinflecken von der hochgeschnürten Büste tupft.

ERWIN Mit dir geh ich jetzt heim.
1. ÄLTERE FRAU Schlag dir den ausm Kopf.
2. ÄLTERE FRAU Wieso. Weil du ihn willst?
1. ÄLTERE FRAU *schrill*
Ich? Ich hab erwachsene Kinder und Enkel unterwegs. Ich brauch kein Mann.
3. ÄLTERE FRAU *voll beharrlich lächelnder Sanftheit*
Prost, Erwin.
ERWIN Vierzig Jahr am selben Knochen genagt.
2. ÄLTERE FRAU Dann nag halt jetzt an mir.
ERWIN *erklärungslos und plötzlich sich Ihr zuwendend*
Sehen Sie, Fräulein. Wenn sie raus sind aus den Wechseljahren, die Frauen, das macht den vollen Genuß.
3. ÄLTERE FRAU Prost, Erwin.
2. ÄLTERE FRAU Laß das Fräulein in Ruh. Hier ist der Markt.
ERWIN *starrsinnig zu Ihr*
Wenn sie zottig werden. Dann einfahren mit vollen Segeln. –
Nichts verstehn Sie davon.

1. ÄLTERE FRAU Der alte Depp.
2. ÄLTERE FRAU Ja bildest du dir vielleicht ein, du wärst viel besser?
3. ÄLTERE FRAU Prost, Erwin.
ERWIN Schluß jetzt. Alle miteinander.
Jetzt führ ich mit dem Fräulein ein Gespräch.
2. ÄLTERE FRAU Und ich geh heim.
Sie geht zur Bedienung.
3. ÄLTERE FRAU Prost, Erwin.
1. ÄLTERE FRAU Ich zahl uns nochn Wein.
ERWIN Vierzig Jahr derselbe Knochen. Sauft euern Wein allein, ihr Löcher.
Brüllt.
Zahlen.
1. ÄLTERE FRAU Diesmal bin ich doch an der Reihe.
ERWIN Unter uns, Fräulein: Die haben alle schon Spinnweben zwischen den Beinen. Und Ihnen wirds um kein Haar besser gehn.

Erwin geht. Die drei älteren Frauen lachen ganz schrill los, als wären sie plötzlich einig. Er und Sie holen gleichzeitig ihr Geld hervor. Beide, aber jeder für sich, scheinen eine Angst vor diesen Frauen zu haben. Sie zahlen und gehen...

3

... zum Klavier. Daneben steht ihr schöner kleiner alter Tisch. Er setzt sich ans Klavier und klappt den Klavierdeckel hoch.

SIE *müd und schnell* Nicht mehr.

Er klappt den Klavierdeckel kommentarlos wieder zu. Sie holt Wein und Gläser: verbissen, stumm und streitsüchtig. Sie öffnet die Flasche, gießt beide Gläser voll, trinkt ein halbes Glas entschlossen leer — dies alles eine Spur zu ausdrücklich, als wolle sie etwas beweisen, habe aber vergessen, was überhaupt.

SIE Der virtuose Jazzer mit dem gerühmten harten Anschlag. Ich kann es nicht mehr hören.
ER Früher wars dir mal nie genug.
SIE Früher.
Da kriegt man nie genug.
Da willst du immer mehr.
Da singst du selbstverständlich einst die Königin der Nacht.
ER *trocken*
Dann hast du mich zum Hauspianisten gemacht anstatt.
SIE Ja soll ich denn mit meiner viel zu kurz geratnen Stimme den Hintergrund mein Leben lang verstärken. Stell dir doch vor: Eines Tages sitzt du da, und dunkel dämmerts dir: vielleicht bist du eher eine kleine Natur.
Ein bißchen ihn einbeziehend.
Deine Künste sind ja ein bißchen lächerlich.
Du hast das Talent von Fräuleins...
ER Hör doch mit diesen alten Geschichten auf.

SIE Da hat sichs ausgeträumt ganz schnell.
Die Alte in Gestik und Tonfall imitierend.
Prost, Erwin!
Ogott, wenn ich erst in das Alter komm. Da wachsen dir schwarze borstige Haare ausm Gesicht, und am ganzen Körper bilden sich braune Flecken. Dann wird man nachgiebig natürlich — Prost, Erwin! — Im Alter stehste nicht mehr aufm Gipfel. Wahrhaftig.
Trinkt wieder herzlich kräftig.
Die Hoffnungen sind dir längst untern Boden gepflügt.

ER Trink nicht so viel.

SIE Jetzt sing ich mir zum Schlafen selbst mein Lied. Dazu brauchts kein Klavier. Und keinen Musiker. Schon gar nicht dich.
Entschlossen, gleichzeitig gar nicht überzeugend.
Das Klavier muß hier so schnell wie möglich raus.
Trinkt.
Mir ist die Melodie halt untergesunken. Das geht aber vorbei.

ER Ich hab dir nichts versprochen.

SIE Weil du nicht einmal das versprichst, was du nicht halten kannst. Nein, gar nichts kannst du mehr versprechen. Klavier spielen bloß und Kinderchen hüten. Einmal eine einzig schöne Lüge von dir.
Ich hätte flatternd mich im Gras gewälzt.

ER Wozu lügen. Wir sind erwachsene Menschen.

SIE Das wär halt eine richtige traurige Gaukelei dann wenigstens gewesen. So war es zwar schon schön. Aber froh geworden bin ich nicht. Lügen sind so lustig. Und machen Freude. Die Mühe, die du dir hättest machen müssen. Phantasieren meinetwegen. Das wär der dünne höchste Gipfel.

ER Wenn es doch aber Lügen sind.

SIE Man muß das Leben schmücken, mein Bester.

ER Ich geh jetzt lieber. Wenn du schon ›mein Bester‹ sagst...

SIE Hau ab.

ER *im Weggehen*

Bis bald.

SIE Und laß dich nicht mehr blicken.

4

Nachts. Und jetzt ist Sie allein. Eine leere und eine fast leere Weinflasche stehn vor ihr.

SIE *überhaupt nicht weinerlich; wütend, ironisch, mit der komischen Selbsterkenntnis der Besoffenen*
Ich steh aufm Gipfel. Ich. Und ein Gipfel.
Ein Gipfel und ich.
Das ist die Höhe.
Allein natürlich. Auf Gipfeln steht man immer ganz allein.
Und atmet Einsamkeit und eine überlegen kalte Luft.
Das macht Eiszäpfchen ins Näschen.
Schätzchen, laß die Finger von den Gipfeln.
Deine Schleimhäut sind einfach nix für Gipfel.
Erst Gipfel stürmen wollen und kichern und tanzen und schwitzen. Dann furchtsam sein vorm schwankenden Boden. So geht das.

Dunkel wirds.

5

Die Kneipentische. Sie und die Freundin sitzen am sonst leeren »Stammtisch«, dort wo in 2 zwei der drei Frauen saßen. Die Bedienung sitzt wieder – es soll aussehen wie immer noch – Servietten stapelweis zu Dreiecken faltend an ihrem Tisch. Die Freundin trinkt Schokolade. Sie ein Glas Wein.

SIE Diese braun geschrumpelte Haut. Wie kann man sowas trinken?

FREUNDIN Hör auf, alles madig zu machen.

SIE Madig. Das ist es. Etwas zerquetschtes Weiches. Und weißliches Gekrieche drüber.

FREUNDIN Das war eine vorübergehende Geschichte. Von Anfang an. Und du hast es gewußt.

SIE Ich hab ein Ende am Anfang gesehen.
Dann hab ichs nicht mehr sehen wollen. Ein Ende ist nämlich nicht zum Lachen.

FREUNDIN Hast du jetzt das Klavier verkauft?

SIE Die Leute heutzutag ham von Klavieren keine Ahnung. Wundern sich über gerissene Saiten.
Mich macht das müde.

FREUNDIN Laß die Saiten reparieren und einen guten Stimmer kommen. Dann klingts wie neu.

SIE Ich hab geträumt, wir haben geheiratet. Das war schön. Zwar war das Kind gleich tot schon da. Und eine Frau war bei der Feier. Die war eine entfernte Verwandte und sagte wirres Zeug von schwarzen Tagen und ein paar Jahren Scheiterhaufen mit einem Mann, der in Wirklichkeit weder Ziege noch Bock sei. Aber es sei ihr Mann. Er wär bloß jetzt halt hergefallen über mich. Und ich würds tun, und andere hätten Ärger, und sie dulde keinen weiteren Verkehr mit ihrem Mann.

FREUNDIN Mach dich bloß nicht verrückt.
SIE Die entfernte Verwandte war nämlich seine Frau.
FREUNDIN In deinem Traum.
SIE Ich war wie verglast.
FREUNDIN Du bist verbohrt und vernagelt.
Laß uns spazierengehn.
SIE Schwäne füttern. Das hat mir grade noch gefehlt.
FREUNDIN Dann bleib hier hocken, bis du schwarz wirst.
SIE So schnell wird man nicht schwarz.
Tu mir die Liebe und komm mit zu mir. Ich will nicht allein sein.

Die Freundin fährt ihr mit dem Zeigefinger fast zärtlich übern Nasenrücken. Sie bezahlen und gehen...

6

... und kommen wieder und setzen sich an ihren schönen kleinen alten Tisch, auf dem schon volle Aschenbecher stehn und Weingläser für jeden. Ein Rauch hängt drüber, als säßen sie schon Stunden dort.

FREUNDIN Leg dich jetzt schlafen. Es ist spät. Und morgen früh ist Probe. Wenn du so weitersäufst und rauchst, dann hast du keine Stimme.

SIE In diesem Chor kommts nicht auf meine Stimme an. Ich beweg halt stumm und futterdankbar s Maul.

FREUNDIN Motetten ham dir immer gefallen.

SIE Motetten, Motetten. Wie das schon klingt, Motetten. Ich kann nicht dauernd ›Ei willkommen, ei willkommen‹ singen.

Ne Oper wenigstens, wenn wir schon proben müssen.

Mit viel verwirrter Phantasie.

Was ein wegzieht vom vorgemachten Leben.

Sie legt sich auf ihr Bett, in das die Sonne untergeht, und wird sofort wieder wacher.

Hier riechts nach Sellerie.

FREUNDIN Stimmt. Stangensellerie.

SIE Was du schon wieder denkst.

FREUNDIN Mal findest du Opern unausstehlich und schwörst auf Madrigale...

SIE Das waren Operetten. Die hinreißenden mit dem schmissigen Schmelz.

FREUNDIN Dann muß es monatelang unbedingt s Requiem sein.

Du willst singen und nicht. Du willst verkaufen und nicht.

Du mußt dich entscheiden.

SIE Beides will ich.

Ein Fest, bei dem gar nichts gefeiert wird. Das müßte schön sein, so ein Fest. Alle machen freundliche Gesten, die aber anders sind als unsere.
Ein Durcheinander zum Lachen. Ein paar mondäne Frauenköpfe singen die Jammerarien. Das blöde Kinderlächeln liegt ihnen dabei im Gesicht. Eine wichtige Rolle spielen die einsame Laterne und der alte Hund. Ein spielendes und ein schlafendes Kind. Ein Schatten und ein Schrei von hinter den Kulissen. Und viele entzückende Geschöpfchen. Die kichern schlüpfrig in kleinen Chören und machen niedliche Bewegungen mit zarten Schenkelchen und leicht gewölbten Füßen. Weiß in Weiß. –
Wenns vorbei ist, wirds sein, als wär ich für eine Minute Königin gewesen. –
Pause.
Hier riecht es immer noch nach Sellerie.
Wir singen dauernd bloß dieselben Chöre.
Du kannst ruhig gehen, wenn du dich dafür noch bei Stimme halten willst.
Sicher, von irgendwas muß jeder leben. Und singen ist noch nicht das Schlechteste. Besser aber auch nicht.

FREUNDIN Ich bin so müde jetzt.

SIE Ja. Dann.

Die Freundin geht. Es wird ganz dunkel.

7

Die Bühne ist dunkel. Sie allein ins Publikum.

SIE Mein Glück hat ausgesetzt.
Mir dauert eine Ewigkeit zu lang.
Das war halt wieder so ein heißer Sommer mit Funken. Da schwimmen die Gewittertierchen drin. Das treibt Erinnerungen an etwas Einstiges, Einziges raus und Wünsche ohne Bestimmung. S geht mit dem Teufel zu, daß man glaubt, man beherrsche die leichte Rede. Tagsüber istn schönes Wetter, das sich um uns nicht kümmert. Die Sommerschnecken kriechn die trocknen Tage entlang. Die blinden Katzen schrein in die Sonne. – Wie ein zerzauster Vogel, der mit den Flügeln schlägt, bin ich in Nächte getaumelt, in denen die Zeit maßlos vergeht. Sie kennen ja den grellen Nachtglanz der Farben; der läßt die Sterne runtergleiten. Man kommt, tritt ein; noch einer kommt und tritt auch ein. Ich denk, ich kann nie wieder schlafen, diese Nacht nicht und nicht die nächste und überhaupt keine mehr. –
Da setzt sich eine zu ihm, ganz zart und sanft, ein Federchen, ihre Augen sind so hell, daß Nachtfalter sich draufsetzen müßten. Ich seh ihn sie küssen, und wie er die Hand durch ihr Haar gehn läßt, das sowieso klingt, wenn mans bloß ansieht. –
Das war natürlich seine Frau.
Ich bin dem Herbst ins Maul gestiegen, scheints.

II

8

Nachmittags am Klavier. Der Käufer hat sein Hemd tatsächlich aufgeknöpft bis zum letzten Knopf überm Hosenbund. Eine schwere Silberkette baumelt durch die Brustbehaarung.
Der Käufer spielt mächtig mit vollem Pedal ein Chopin-Paradestück so richtig zum Brillieren.

SIE Hören Sie um Gottes willen auf.
KÄUFER Sie sehen selbst, das Ding ist nichts mehr wert.
SIE Freilich. Wenn mans nicht spielen kann.
KÄUFER Ich bin Klavierlehrer im Tonkünstlerverband...
SIE *giftend*
Man kann es deutlich hören.
KÄUFER Und such für einen Schüler ein gebrauchtes Klavier.
SIE Gebraucht isses. Dagegen läßt sich nix sagen.
KÄUFER Wenns bloß verstimmt wäre. Aber auch s Pedal ist völlig unbrauchbar.
SIE *weiter feindselig*
Sie haben vorher aber mächtig Gas gegeben.
Man soll nicht alles, besonders nicht die hellen, spitzen, scharfen Töne in einen weichen Klangbrei tauchen wollen.
KÄUFER *unbeirrt*
Zwei Saiten sind gerissen.
SIE Als Klavierlehrer kann man die Saiten nicht zum Springen bringen. –
Er konnte das.
KÄUFER Wer?

SIE Und wie das klingt...
KÄUFER Verzeihn Sie. Ihr Klavier klingt eben nicht.
SIE Wenn eine Saite reißt und aufgibt.
KÄUFER *komisch belehrend*
Kein Handwerker, der wirklich einer ist, zerstört sein Handwerkszeug. Nicht einmal bei Revolutionen. Wer ein Klavier zugrunde richtet, hat kein Klavier verdient.
SIE *ärgerlich*
Er war n lupenreiner Pianist. Da geht nix drüber. Glasklare Läufe hat der hier rausgetrieben. Und Klaviere hat er aus lauter Lust demoliert. Im Ernst.
Und es war...
KÄUFER *förmlich*
Dann darf ich mich...
SIE Schön war es, zuzusehen, wollt ich noch sagen. — *Entschlossen.*
Das Klavier muß hier raus. Aber Sie zuerst. Sie Klavierlehrer Sie. Sie brauchen doch gar kein Klavier. Ein Kassettenrekorder, das ist das Richtige für Sie und Ihren Schüler.
KÄUFER Ich darf mich also...
SIE *läßt sich nicht bremsen*
Musikkassetten zum Mitpfeifen. Zwischen Frühstücksei und Morgenzeitung.
Hier das Klavier ist nix fürs Albumblatt und nix für einen Schüler und nix für die Familienhausmusik.
KÄUFER Dann darf ich mich...
SIE Gehn Sie doch endlich. Ohne Formen. Können Sie nicht einmal einfach gehn?
KÄUFER Ich darf...
SIE Sie dürfen nichts. Sie müssen machen, was Sie wollen.
KÄUFER Ich wollte heut nacht bei Ihnen bleiben.

Pause.

SIE *perplex, aber schnell entschlossen*
Dann bleiben Sie.

Er geht hochgestimmt zurück ins Zimmer und setzt sich ans Klavier.

SIE Lassen Sie Ihre Finger vom Klavier.
Aber bleiben Sie.

9

Am Morgen jetzt. Dieselbe Szenerie wie abends zuvor, bloß alles aufgelöst. Der Käufer sitzt zerfleddert am Klavier und Sie im Bademantel katzenjammerig dabei, und beide trinken Bier.

SIE *katerentschlüssig und energisch*
Also! Das Klavier muß raus.
Du darfst nicht glauben, daß er mir Geld dafür gab. – Ein Klavier gehört doch einfach dazu. Ein Klavier, glaub mir, ist eines von den guten Dingen, dies trotzdem gibt. –
Jetzt hab ich aufgehört, morgens schon Musik zu hören. Vorübergehend. Das stimmt. Ists Fest vorbei, stellt man die Blumen ins Kühle. Am Morgen nach der Nachtjagd sind die Spinnen in ihren Löchern verschwunden.
Im Klo sitzt eine, fällt mir ein, die mußt du mir noch töten, eh du gehst.
Er hängt stumm überm Bier.
Wenn du zur Ladenschlußzeit kommst, schütten sie dir Wasser über die Füße und lassen s Eisengitter runter. Es ist immer dasselbe.
KÄUFER Du quasselst unerträglich viel am hellen Morgen.
SIE Heut morgen ist nichts hell. –
Nein. Wirklich. Er tummelt sich jetzt irgendwo mit Frau und Kinderchen am See und rubbelt Körperchen warm, wenn die Lippen gar so sehr blau sind.
Ich frier.
Der Anfang ist so klein und heimlich.
Aber ein Ende.
Eine verlassene Scheiße das Ganze.

KÄUFER Kommen wir lieber zur Sache. Ich kauf in Gottes Namen dein Klavier.

SIE Was trägst du für absurde Stiefelchen? Das ist mir gestern gar nicht aufgefallen.

Sie greift zur rettenden Idee.

Einer mit solchen Stiefelchen ist nix für ein Klavier.

KÄUFER *als verstehe er etwas*

Du hängst persönlich an dem Instrument.

SIE *hart und schnell*

Das ist kein Instrument. Ein Klavier ist das.

KÄUFER Schön. Dann kann ich ja gehn.

SIE Weißt du denn keinen, der vernünftig ist?

KÄUFER Was meinst du?

SIE Und ein Klavier sucht. Für sich allein, und nicht für einen Schüler, und nicht für eine Frau, und nicht für einen Sohn. Und der von Tönen was versteht.

KÄUFER *schmunzelt dümmlich*

Ich schick dir wen. Verlaß dich drauf. Aber laß mich jetzt aus dem Spiel.

Er geht.

10

Die Kneipentische. Sie mit der Freundin am »Stammtisch«. Dieselbe Szenerie – samt Bedienung, Schokolade und Wein – wie in 2.

SIE Damals der Spaziergang durchs Korn war das Ende. Ich habs bloß nicht gewußt. Nur eine Ahnung voller Ängste. Ich war schon viel zu flügellahm. Ich hätte sollen munter sein. Mit fliegenden Haaren und leichten Gesprächen. –

Ich konnte gar nichts sagen. S Korn wollt in den Himmel stechen, und ein Kitzeln war in meiner Hand, als läg sie zwischen Korn und Himmel. Und alles war so ruhig und wußte nicht woher und wohin.

Trinkt wieder mal kräftig vom Wein.

Die Natur, genaugenommen, ist eine große Frechheit.

FREUNDIN Erinnerungen verblassen mit der Zeit.

SIE Nein. Nicht.

FREUNDIN Und tun dann nicht mehr weh.

SIE *ärgerlich*

Und tun sie doch. –

Er hat mir einmal einen Klatschmohn geschenkt. Die Felder waren von Klatschmohn durchfleckt. Dringend pinkeln mußt er, fährt an Straßenrand und stellt sich mitm Rücken zu mir. Ich seh zum ersten Mal, daß er O-Beine hat, und vor Rührung trifft mich fast der Schlag. Steht er so da von aller Welt vergessen. Und stapft dann die paar Schritte weiter ins Feld und holt mir n Klatschmohn.

Peinliche Pause. Die Freundin sieht sie ungläubig an.

Ja, gut. Ich hab ihm nachgeschrien, n Klatschmohn soll er mir bringen. Und immerhin hat er mir ein geholt!

FREUNDIN *ironisch*

Das wenigstens. Der Gute.

SIE *aufs Neue entschlossen*

Das Klavier werd ich jetzt ein für alle Mal verkaufen.

FREUNDIN Du hast noch immer nicht verkauft?

SIE Was geht denn mein Klavier die fremden Leute an. Die wohnen und leben vergnügt und glücklich und wollen sich halt begleiten auf meinem Klavier. Singen besoffen It's a long way. In die weiteweite Welt. Achja.

FREUNDIN Willst du verkaufen oder nicht?

SIE Natürlich will ich verkaufen. Ohne diese Aufführungen aber: Spielen Sie selbst? Warum wollen Sie dann verkaufen? Klingts nicht? Tönts nicht? Hängen die Pedale? Schlechtes Holz. Zu weich im Anschlag. Ach, Sie spielen nicht Klavier? Wieso ham Sie dann ein Klavier? Kindertraum erfüllen, verstehe. Da ham Sie also von Klavieren keine Ahnung. Unter uns: Ihr Klavier ist kein Pfifferling wert.

Pause.

An mein Klavier kommt keiner mir ran.

FREUNDIN Was nun?

SIE Nie und nimmer. –

Was soll ich ohne ihn mit dem Klavier?

Ich weiß. Wieder und wieder erzähl ich dieselbe Geschichte. Küßchen, Küßchen. Immer nochmal das Ganze von vorn.

FREUNDIN Ach, hör halt auf.

SIE Wenn doch ein Wind käm. –

Sei lieb und zahl nachher für mich mit. Ich will hier weg.

Sie geht sehr schnell.

11

Mit dem 2. Käufer am Klavier.

2. KÄUFER *verständnisinnig*
Es geht ja nicht um das Klavier.
SIE Es geht nur ums Klavier. Um was denn sonst.
2. KÄUFER Na schön. Spielen wir also das Spielchen. Was haben Sie sich denn gedacht?
SIE Ich hab keine Ahnung von den üblichen Preisen. Ich mach sowas zum ersten Mal.
2. KÄUFER *beruhigend*
Man macht doch alles irgendwann zum ersten Mal. Hol uns halt was zu trinken.
SIE Seit wann sagen Sie du zu mir?
2. KÄUFER Verzeihen Sie. Ich wollte Ihnen nicht zu nahe treten, Gnädigste. So sagt man doch in solchen Fällen.
SIE Mögen Sie Wein?
2. KÄUFER Aber immer.

Sie geht. Er bleibt für kurze Zeit allein — voll dummer Selbstbewußtheit. Dann die übliche Flaschenöffnungs-, Weingläserholens- und Eingießhandlung. Sie trinken.

SIE Seh ich das richtig — Sie sind an meim Klavier nicht im geringsten interessiert?
2. KÄUFER Kommen wir doch zur Sache.
SIE Sie wolln zur Sache kommen, und mir ist alles schief. Mir fallen Wolken in den Kopf und blöde Wellen und Kinderkörperchen und weiß der Teufel.
Hilflos.
Wenn Sie das Klavier nicht wollen...
2. KÄUFER Wir könnten über Ihr Klavier ja später reden.

SIE Und jetzt?
2. KÄUFER Sie sind eine attraktive Frau. Ihre Reize beschämen Ihr Klavier, wenn ich mal so sagen darf.
SIE Sie sollten doch lieber verschwinden.
2. KÄUFER Ich möcht schon gern bei Ihnen bleiben.
SIE *starrsinnig*
Sie wollen gar nicht das Klavier?
2. KÄUFER *entschlossen*
Mach jetzt doch kein Theater.
SIE *plötzlich*
Also leg dich ins Bett. –
Resigniert und ironisch.
›Laß uns schlafen‹, sagte der Dichter und starb.
2. KÄUFER Einladend ist das nicht gerade.
SIE Dir liegen Münzen auf den Augen.
Der zweite Käufer legt sich angezogen bleibend auf ihr Bett.
Ja. Doch.
Sie legt sich, auch angezogen bleibend, zu ihm.
Pause. Dann – zögernd.
Er schlief ein mit dem Kopf aufm Arm.
Mit den Fingerspitzen an den Lippen hat er mir lange zugehört. Bis er dann bloß noch schlief. Er schlief so unauffällig.
Nachts geh ich jetzt zurück den Weg vom Tag. –
Geh doch endlich.
2. KÄUFER *fast sanft und gleichzeitig wie drohend*
Ich bleib bei dir.
SIE Das nützt aber nichts.
Die Liebe ist ein Kitsch.
Pause.
Die Fotografien von den eingezäumten Seeufern...
2. KÄUFER *ungeduldig*
Was ist damit?

SIE Jetzt sagt er andern Frauen, wie schön sie seien. Dabei ist doch bald Winter.

2. KÄUFER Erzähl nicht von meinem Vorgänger dauernd.

SIE *setzt sich empört auf*
Du bist nicht sein Nachfolger. Bild dir das bloß nicht ein.

2. KÄUFER Mach kein Theater. Ich sags dir jetzt zum letzten Mal.

SIE Raus hier.

2. KÄUFER *gibt ihr eine Ohrfeige*
Ich bin kein Blitzableiter für deinen abgefackten Seelenschmerz.
Klebt ihr noch eine.
Und glotz nicht so. Und wenn ich dir was raten darf, dann laß die Finger vom Klavierverkauf. Dafür bist du zu zart besaitet, Herzchen.
Er geht.

12

Die Kneipentische. Dieselbe serviettenfaltende Bedienung, derselbe Stammtisch. Die Freundin sitzt schon beim Kakao. Sie kommt dazu mit einem geschwollenen blauen Auge und ziemlich besäuselt.

FREUNDIN *entsetzt*
Wie siehst du aus!
SIE *nebenbei und selbstverständlich*
Einer hat eine Wut gekriegt.
FREUNDIN Mensch, paß doch auf dich auf. Du rutschst da in was rein.
SIE Mir ist das lieber als eure weggesackte Stille.
FREUNDIN Du gehörst da nicht hin.
SIE *wird immer ungehaltener*
Wohin. Wohin denn.
Um mich rum ist alles großzügig und kühl und schlägt nie zu. Alles läuft glatt. Ihr könnt sogar die paar Irren verstehn, denen eure Lockerheit nicht beizubringen ist, um nichts.
Ich brauch n Schnaps.
FREUNDIN *eine Spur zu verständnisvoll*
Korn oder Obst?
SIE Korn. Natürlich.
Korn.
Die Freundin bestellt den Schnaps.
Lauter trockene Zierdisteln um mich rum. Und abgestandener Farn. Man döst so vor sich hin. –
Pause.
Daß er mich so bereitwillig opfert. Für ein Besuch der Schwiegereltern und um die Frau bei Laune zu halten. Die ist genau so still und sanft wie ihr. Die darf nichts wissen. Man darf Wohltemperierte nicht erschüttern.

Aufs Klavier mit Fäusten eingeschlagen hat er bei mir. Und mich dann wieder weggeschoben. Ich verstehs nicht bis heut und wills auch nicht verstehn.

FREUNDIN Genau das ist es. Du willst nicht raus aus deinem Elend.

SIE Jesses. Komm mir jetzt bloß nicht psychologisch. Als nächstes empfiehlst du mir noch eine Therapie. Gruppendynamisch womöglich. *Zitierend.* In zwei Minuten werden wir uns unsern Schmerz mal richtig kräftig von der Seele schreien. Hier braucht sich keiner genieren. Wir leiden alle. Wir müssen aber nicht leiden, wenn wir bloß umgehn lernen mit unserm Schmerz. Schreien wir also gemeinsam. Eins zwei drei los. Danke. Entspannen.

Wütend.

Bis an mein seligs End behaupt ich steif und fest, geteilte Freud sei halbe Freud. Daß eine Liebe singt und schwingt und bedenkenlos macht und nicht sich abfindet mit immer schon im voraus Abgemachtem, wie ein altes, zerknittertes, geiziges Weib.

FREUNDIN Paß doch um Gotteswillen besser auf dich auf. Dein Klavier könnt ich für dich verkaufen.

SIE Das wär noch schöner.

Sie fängt hektisch an, nach Geld zu suchen.

Ich halts hier nicht aus.

FREUNDIN Behalt das Geld.

Geh ruhig.

SIE Auch gut.

Ja dann.

Sie schwankt ein wenig beim Weggehen.

13

Zwischen Bett und Klavier tritt ein älterer Versicherungsvertreter zögernd vor.

VERSICHERUNGSVERTRETER Guten Tag. Sie sind...
SIE Immer nur rein, immer nur rein. Ich weiß Bescheid. S geht sozusagen ums Klavier.
Sie kichert.
Nur Mut. Kommen Sie näher.
Flüstert.
Unter der Tür verkauft man kein Klavier.
VERSICHERUNGSVERTRETER Verzeihung. Aber...
SIE Sie müssen sich nicht entschuldigen. Als nicht der Einzige.
Mustert ihn.
Das Alter ist nicht ausschlaggebend bei Klavieren.
Kichert wieder.
VERSICHERUNGSVERTRETER Ich versteh nichts von Klavieren...
SIE Macht nichts. Klaviere sind gar nicht so kompliziert.
VERSICHERUNGSVERTRETER Klaviere sind Hausrat. Das ist nicht mein Bereich. Dafür ist mein Kollege von der Hausratversicherung...
SIE Der darf auch kommen.
VERSICHERUNGSVERTRETER Mir gehts um Ihre Versorgung im Alter.
SIE *perplex*
Was? Ist das n Heiratsantrag oder was?
VERSICHERUNGSVERTRETER Ich weiß, Sie sind noch jung und denken nicht ans Alter.
SIE Was geht denn ausgerechnet Sie mein Alter an.
VERSICHERUNGSVERTRETER Sie sollten sich besser versichern.

Er fängt in seiner Aktentasche an zu kramen.
Sie sind Chorsängerin im Rundfunkchor...

SIE Ich hab auch schon in der Staatsoper...

VERSICHERUNGSVERTRETER ...und verdienen doch sicher...

SIE Mir gehts dabei ja nicht einmal ums Geld.

VERSICHERUNGSVERTRETER ...jeden Monat ein schönes Geld. Bekommen Sie aber eine Kehlkopferkrankung zum Beispiel...

SIE Och, mach doch nicht so ne aufgeblasene Nummer.

VERSICHERUNGSVERTRETER *irritiert*
...und werden berufsunfähig also, bekämen Sie bei einer monatlichen Durchschnittsleistung von, nehmen wir einmal an...

SIE *setzt sich recht ungeschickt in deutliche Pose*
Wo liegt denn wohl bei mir die Durchschnittsleistung, na?
Jetzt bin ich wirklich gespannt.

VERSICHERUNGSVERTRETER Sagen wir, zweihundertfuffzig –

SIE Dreißig Tage hat der Monat. Zweihundertfünfzig durch dreißig, das gäb rund acht am Tag.
Just like Djakarta, sprach nach der siebten Frau der Matrose und sank entkräftet zu Boden.

VERSICHERUNGSVERTRETER Was?

SIE Lassen wir jetzt den Quatsch.
Ran ans Klavier.
Sie geht zum Klavier und legt sich über die Tasten.
Hörst du?
Räkelt sich, so gut es geht, auf den Tasten.
Wenn das nicht Musik ist.
Macht Koitusbewegungen und läßt dabei den Hintern rhythmisch schwer auf die Tasten fallen.
Hör dir das an.

Sie verausgabt sich ziemlich.
Das ist Musik mit Leben drin, was?
Traktiert mit sichbarem Vergnügen das Klavier.
Mensch, da vergeht eim Hören und Sehen vor lauter vor lauter.
Sie hört plötzlich auf.
Steh nicht so rum.

VERSICHERUNGSVERTRETER Ja.
Aber.

SIE Was aber?

VERSICHERUNGSVERTRETER Sie haben sowas doch nicht nötig.

SIE *springt vom Klavier, aggressiv*
Was hab ich nicht nötig. Sag sofort, was ich nicht nötig haben soll. Abgeprobte Altherrengeschichten hab ich nicht nötig. Eine komponierte Musik hab ich erst recht nicht nötig. Weil ich hab nämlich alles nötig, alles.

VERSICHERUNGSVERTRETER *aufgesetzt altväterlich*
Es dreht sich doch um die Versicherung.
Geschäftsmäßig.
Sie sollten sich absichern. Gegen Eventualitäten. Die treten immer ein. Dann steht man da.

SIE Was geht denn meine Sicherheit euch an.
Du brauchst tatsächlich kein Klavier. Bloß die Versorgung im Alter. Junge, wenn du längst unterm Boden bist, steht das Klavier noch drauf.
An mir verdienste keine müde Mark. –
Verdrück dich jetzt mit deinen Sicherheiten.
Er geht recht schnell.
Sie mault ihm nach.
Als wärst du besser. Ihr seid doch alle gleich.
Naßforsch unterm Tisch.
Und drüber regelt sichs so hin.

14

An den Kneipentischen muß durch entsprechende Musik, Beleuchtung, Akt-Fotos bzw. wahllos über die Szenerie projizierte Pornofilme die Atmosphäre einer drittklassigen Anmachkneipe herrschen. Statt der serviettenfaltenden Bedienung sitzt eine entsprechend geschminkte und gekleidete Frau am Tisch, die zwei oder drei während der Szene nacheinander auftretende Männer mit großen Schäferhunden jeweils stumm in eine Richtung weist, in der sie dann verschwinden. Danach sieht sie mechanisch auf die Uhr und macht sich Notizen. Am »Stammtisch« der früheren Szenen sitzt Sie in einer lauten Männerrunde. Einer der Klavierkäufer ist auch dabei.

SIE *aufgedreht*
Das warn heißer Typ. Die Helgolandstuben. Da komm ich wieder hin.
Ruft.
Zahlen bitte...
Sie stellt fest, daß ihr Geldbeutel leer ist.
Herrgott, wo ist mein Geld!
KELLNER Das kennen wir. Das hamer gern.
SIE Ich hab doch vorher was gehabt.
1. MANN An dir ist immer noch was dran.

Die Männer lachen.

SIE Dir hab ich vorher n Zwanziger geliehen.
2. MANN Stimmt. Da warn noch jede Menge Scheine da.
SIE Wie soll ich das sehn. Hier klaut doch einer.
KELLNER Immer dasselbe. Mädchen, rücks Geld raus, wenn du eingeladen hast.
SIE Scheißkerle. Ich habs doch nicht zum Fressen.

Warum holt ihrs von mir? Holts doch von denen, die ihren Kamin mit Hundertern heizen. Immer die Kleinen und mitten ins Gesicht. Ich sing mir die Kehle ausm Hals, und ihr klaut mirs.
Schreit.
Wer hat mein Geld?

Allgemeines Suchen und Sich-Absichern und Versichern und Beruhigenwollen.

SIE *zum Kellner, mit einem Versuch zur Leichtigkeit*
Geld is weg. Alles is weg.
Und wird sich nie mehr wiederfinden.
Da drauf will ich ein trinken.
3. MANN Zwei Flaschen Schampus und Gläser für alle.
KELLNER Wer zahlt?
3. MANN Ich mach das schon. Bring Schampus. Los.

Am Tisch leichte Betroffenheit.

SIE Hier wärs nicht so verlogen. Hier wär ein andres Leben. Ich könnt mich wieder mal totlachen. Aufgeschreckte Hühner seid ihr. Zu Gockeln reichts euch nicht einmal.
Die erste Flasche ist geöffnet und in die Gläser gegossen.
Prost. Auf uns alle miteinander.
Alle, bis auf einen, heben die Gläser und trinken.
Warum trinkst du nicht?
Der Eine grinst stumm.
Grins nicht so blöd. Prost, Erwin, oder wie du heißt. Ich trink jetzt auf dich.
Der Eine lächelt weiter stumm.
Hats dir die Sprache verschlagen. Kann ich verstehn. Riesengroßer Witz das Ganze.

Mach dir nichts draus. Man kommt drüber.
Prost aber jetzt.
Der Eine unverändert.
Trink jetzt mit mir, und tu nicht so, als hättest n Stein im Maul.

1. MANN Der hat kein Stein, der hat die Scheine drin.

Gelächter.

2. MANN Machs Maul auf.
SIE Laßt ihn doch still sein. Laßt ihn.
2. MANN Maul auf.

Sie stürzen sich auf ihn. An jedem Arm wird er festgehalten und aufgespannt wie eine Heiligenfigur.

2. MANN Machs Maul auf.
SIE *hysterisch kreischend*
Halts Maul.
Laß dich nicht fertigmachen.
Komm mit.
Halt doch um Gottes willen s Maul...
Weinerlich, als die Männer ihm den Mund blutig reißen beim gewaltsamen Öffnen.
... und komm mit mir...

Die Männer ziehen dem Einen ihre Geldscheine aus dem Mund. Sie werfen ihr die blutverschmierten Scheine zu.

III

15

Bühne dunkel. Sie, allein, ins Publikum.

SIE Ich will Ihnen sagen, daß ich aufgebrochen bin. An den Geschichten, die anfangs- und endlos ineinandergehn, hab ich ganz absichtslos entlanggedacht. Aber zu lange. Dasitzen und Geschichten erdenken, in denen sich alles schön fügt — damit hab ich mir schrittweis eine Einsamkeit bereitet, die auch Sie kennen. Das ist ja nicht die stille Ruhe, die wir uns in die hohen Höhen träumen, und die sich auf uns niederlegt, ein Kinderlächeln? Wir bleiben unten in den Träumen. Die Teufelchen gucken zum Fenster herein, ich brüte und zittre und hör die alten bösen Lieder, die mir die Ferne kleinmachen wollen. Unter Umständen seh ich dann alte Weiber, wie sie ungeniert die Röcke heben, um ihre Beine zu zeigen mit den blauen, violetten Adern, und die knifflig gefältelten Greise mit dem raschen, gierigen Blick. Das alles führt wer weiß wohin, und dahin will ich. Wenn ich erst dort bin, werd ich wissen, daß meine Träume nicht weit genug mit mir gegangen sind. Da wird ein Sommer sein, der mich die Luft hören läßt. Die blauen Armesünderblümchen und die alten Geschichten werden verdorrt sein. Knurrend, zischend oder zuckend wär alles Gejammer vertrocknet, und ich wär über nichts als übers heiße Wetter glücklich, oder wie soll ich sagen.

Aber vielleicht ist ein Winter, eine weiß in weiße Kälte dort, daß mein Gesicht mir stehenbleibt. Da kommt die Ferne auf ein paar Meter heran und bleibt weit.

Entfernt wären Bäume, wie sie sonst nur in Büchern stehn. Eine gewesene Gegenwart würd klar und deutlich und dann verschwinden.
Beides wird sein. Vielleicht.
Sie wissen, wie unheimlich eine einzelne Henne am Abend sein kann, wenn gleich die Nacht kommt. Also wissen Sie jetzt, daß ich ganz wirklich aufgebrochen war.

An ihrem kleinen schönen alten Tischchen. Er steht, nach längerer Zeit, wieder da und versucht, fröhlich und unbekümmert so zu tun, als wär nun alles in der schönen Ordnung. Er zieht seine Jacke aus und hängt sie viel zu selbstverständlich über einen Stuhl. Sie sieht bloß zu.

ER Wie gehts dir denn. Was treibst du?
SIE Wegfahren will ich.
Irgendwohin.
Ich brauch halt eine Ruh, dies hier nicht gibt.
ER Was genau suchst du.
SIE Wenn ichs gefunden hab, dann werd ichs wissen.
ER Norden oder Süden?
SIE *ärgerlich*
Ich weiß es nicht. Wos eine Sonne gibt und einen Mond. Wo der Himmel aussieht, als wär er das Meer.
ER Flachland oder Gebirge?
SIE Du bist so ahnungslos.
Wos taumelt und baumelt, wos...
ER Du siehst ganz übernächtig aus. Ich glaub, du schläfst zu wenig.
SIE *gleichgültig*
Wachendes, Schlafendes. Bald sind die Felder abgeräumt. Vorher träumt man doch unentwegt und gut von Haarnadeln und Habichten und Krähen, was weiß ich. Ist überall noch Leben drin. –
Pause. Plötzlich.
Mir gefallen die mittelalterlichen Bilder. Wo sichs so tanzt und säuft und seufzt und danach stöhnt. Dickschenklig und derb. Da werden wenigstens Herzen ausgerissen und Köpfe abgeschlagen. Den Frauen die Brüste abgezwackt.

ER Vorm Barbara-Altar hab ich dich mal geküßt.
SIE Ja.
Und?
ER Nichts und.
Bloß...
SIE Nichts bloß. Nur nichts und nichts und wieder nichts. Der kleine Geschmack von Hölle, das schon. Um Gottes willen aber nicht die Hölle.
In einem schrägen Regen stehn und warten auf die Liebe und schier gar verzweifeln. –
Die alltäglichen Tätigkeiten, diese endlose Singerei – das bläst die Freude mir weg wie Watte.
ER *fast lauernd*
Du lebst doch aber noch ganz lustig, wie man hört.
SIE Nachts schleichen verbrauchte Männer mir ums Haus. Das bringt die Nachbarn auf, natürlich.
ER Du bist fast jede Nacht in der Altstadt, hab ich mir sagen lassen.
SIE Du wirst dir noch ganz andere Dinge sagen lassen müssen. Ich hör euch jetzt schon schrein:
So klein und mitten im Blut. Alles, aber nicht das. Ich seh euch schon s rührende Grabmal entwerfen. In Stein die Totenmaske vom lieben Lockenköpfchen. Was fürn Jammer, daß Steine nicht blond sein können. Da muß doch ein begabter Künstler aufzutreiben sein, der aus dem Stein ein Löckchen so verwehen läßt, daß von der Blondheit ein Eindruck entsteht.
ER Halts Maul. Sofort.
SIE Tatsache. Du kannst vernünftig reden. Ich hätts nicht für möglich gehalten.
ER Halt jetzt die Fresse. – *Leise.* Ich will dich nicht schlagen.
SIE *schreit*
Du schlägst doch immerzu.

Das letzte bißchen Lied. Wenns Kind erst aufm Holzpferd sitzt, spielt keine Musik. Sogar die Sterne sind bloß spitzig.

ER Mit dir ist nicht zu reden in dem Zustand.

SIE Ja.
Mir gelingen nicht mal mehr die Träume.

Dunkel wirds.

17

Nachts. Sie sitzt mit der Freundin an ihrem kleinen Tisch. Beide knacken unaufhörlich und emsig Walnüsse. Ihre Bewegungen haben etwas Vogelartiges. Und nebenbei geht ihr Gespräch.

SIE Das geht so weiter, und ich weiß nicht wie. Er kommt gelegentlich. Wir unterhalten uns inzwischen richtig wie zivilisierte Menschen:
Was gibts Neues? Läuft die Arbeit? Schicken Pullover haste an. Den Kindern gehts gut? Danke mir auch.
Dann schlafen wir mitnander. Wenn ich mich zu ihm leg, kommts mir so vor, als müßten wir uns vorstellen gegenseitig — angenehm, ganz meinerseits. Und wenn er geht, lach ich ihm freundlich zu zum Abschied.
FREUNDIN Unds läßt dich endlich wirklich unberührt?
SIE *aufs Nüsseknacken konzentriert*
Du hast schon recht. Die Figuren mit dem Jammer ins Gesicht gedrückt und die Trauerstimmen gibts nur noch im Theater. Und ich muß leben.
FREUNDIN Eben.
SIE Einmal hatte der Teufel Kirmes für mich.
Das war früher.
FREUNDIN Vergiß es.
SIE Ja.

Während sie weiter ihre Nüsse knacken, scheint überm Bett die Sonne aufzugehn...

18

Es ist aber gleich wieder dunkel geworden. Er ist gekommen.

SIE *ihn noch begrüßend*
Das nimmt kein Ende. –
Schön aber, daß du da bist.

ER Das hättest du dir schließlich denken können. Heut nacht gehts doch rund um mit Jazz und Rock und Klassik. Gedichte kommen, glaub ich, auch dazwischen. Jedenfalls Texte. Ich spiel zum Schluß...

SIE Achja.
Bissig.
Da trifft sichs so besonders gut. Das Praktische mit dem Angenehmen, oder wie sagt man?
Plötzlich grundlos verkichert.
Ich hol uns einen Absinth.
Wie in den alten Zeiten.

ER *in die Ablenkung gesprochen*
Das Klavier ist immer noch da.

SIE *gleichgültig*
Du hast zu viele Spuren hinterlassen. Die Leute wollen es nicht so.
Sie geht Wasser und Pernod holen.
Wie gehabt?

Er lacht, Sie mischt. Beide trinken.

SIE Ist jetzt der Friede wieder eingekehrt zu Hause?
ER So kann man sagen.

Pause.

SIE Deine Frau stell ich mir mild und duftend vor.

ER Das stimmt genau.
SIE Du kannst tatsächlich immer noch nicht lügen.
Sicher trägt sie so schimmernde Götterkostüme und winters um den Hals einen Pelz mit kleinen scharfen Klauen.
ER Was reimst du dir zusammen? Hier wie da: die reine Eifersucht.
Übrigens hat sie tatsächlich einen Pelz mit Klauen. Ein schwarzer Fuchs.
SIE Ein schönes Stück.
Mir ist der Kopf so voll. Tags die sirrende Luft. Nachts wimmelts. Dauernd hör ich Klaviermusik.
Du machst mit Kindern aus Sandpampe Schlösser, irgendein vergangenes Rom mit unterirdischen Gängen. Ich steh doch abseits. Und führ mich sehr beschämend auf. Alles in allem.
ER Mein Sohn, wenn du ihn je gesehen hättest, er hätte dir gefallen. Du hättest alles verstanden.
SIE Er hat blonde Locken, ich weiß ich weiß, und ist ein ganz verträumtes Kind. Daß jeden eine Rührung ankommt, der ihn sieht.
Sie lacht.
Den Teufelsbraten im Engelsgewand.
ER Hör endlich auf damit.
SIE Ogott, dein fleißiges Lieschen mit den vollen Lippen. Das sich dauernd totlachen will und nicht einmal dazu imstande ist. Jaja, ich weiß, nix über deine Frau. An die ghört nicht gerührt. So macht ihrs ab.
Ihr seid nicht s Pack. Das wünscht die Alte laut zum Teufel. So mögt ihrs nicht.
Du legst dir lieber n paar kostbare Nebengewächse zu, die sind zart und verschwiegen mit ihren schimmernden Schatten und dem hilflosen Zucken um die verdammten müden trocknen Augen.

Nein, ich will jetzt gehässig sein.
Niedergeschlagen.
Ich werd so schwer dabei. Am liebsten möcht ich laufen so weit ich immer seh. Wos am Morgen ein Licht ohne Grausamkeit gäb.
Ich laß auf keine Liebe mich mehr ein. —
Pause. Plötzlich kurz auflebend.
Einer mit einer Frauenfrisur schickt mir jetzt immer Rosen.
Aber die werden mir schwarz am Abend.

ER Wer ist das?

SIE Ich möcht jetzt so gern schlafen.

ER Und ich muß los. Du kommst nicht mit?

SIE *bringt ihn zur Tür*
Ich hab genug davon. Zu viel.
Sie streicht ihm viel zu zärtlich übers Gesicht.
Spiel schön. Du mußt schön spielen. Wenigstens.

19

Jetzt ist Sie wieder allein. Sie legt sich auf ihr Bett und bleibt da eine Zeitlang liegen. Plötzlich steht Sie auf und geht zum Telefon.

SIE *am Telefon*
Bist dus. –
Ich bins. Ja. Komm doch her. –
Ich kann nicht schlafen. –
Immer dasselbe: Ich lieg mit offenen Augen, erkenn keinen und bleib stumm und kann nicht schrein und seh einen offenen Sarg mit einer Kinderleiche, die blonde Locken hat und unschuldig tut und Blumen in den Himmel streckt. Der Himmel, will ich schrein, ist schön genug, auch ohne deine Blumen. Der hat doch schon das ganze Korn. Bloß hört ihn keiner rauschen. –
Mensch, komm bloß her ganz schnell.
Sie legt so schnell auf, daß kein Protest mehr kommen kann.

Dunkel wirds.

Dunkel. Sie, allein, ins Publikum.

SIE Die niederträchtigen Tage und die große Angst vor der Nacht. Man hat uns zu kleinen beweglichen Menschen gemacht. Die altern.

Wir sinnen den schillernden Leben nach, die einmal unsere hätten sollen sein, und öffnen eine erste Flasche Wein.

Einmal sahs aus, als hätt ich, ich die Sonne am Seil. Da flogen mir schreinde Vögel schön durch den Kopf. Dem Himmel und der Hölle hätt ich denselben Ton gegeben und eine Fremdheit weggesungen, als könnts mich nie erschöpfen.

Einmal hätts sein müssen wie am Anfang der Welt oder an ihrem Ende oder wie ein ganz neuer Anfang ohne Ähnlichkeiten. Ein neuer Anfang: eine schöne Idee, aber alt.

Der Himmel hätt sich drehen müssen und um die Erde gehn. Aber der Himmel hatte ein wegsterbendes Feuer, und längst war eine weiße Sonne aufgezogen. Die weißen Sonnen bringen ja doch nichts als Regen. Jetzt will ichs nicht mehr oben. Leicht fertig schwirrts mir wild im Kopf.

Im Abgrund gibts so schöne Stellen.

Wer will denn wissen, wen die Vögel küssen.

Die fliegen leicht und unbarmherzig weit da oben.

Ihre Türklingel geht ein paar mal. Sie öffnet nicht.

Friederike Roth, 1948 in Sindelfingen geboren, studierte Philosophie und Linguistik in Stuttgart. Veröffentlichungen seit 1970. Preise: 1977 Leonce-und-Lena-Preis, 1982 Stuttgarter Literaturpreis, 1983 Stipendium der Villa Massimo in Rom, 1983 Ingeborg-Bachmann-Preis, 1983 Gerhart-Hauptmann-Preis, 1984/85 Stadtschreiberin von Bergen-Enkheim. Friederike Roth lebt als Schriftstellerin und Dramaturgin in Stuttgart.

Publikationen: *minimalerzählungen*, Stuttgart 1970; *Tollkirschenhochzeit* Gedichte, Darmstadt 1978; *Ordnungsträume* Prosa, Darmstadt 1979; *Schieres Glück* Gedichte, Darmstadt 1980; *Das Buch des Lebens. Ein Plagiat*, Darmstadt 1983; *Krötenbrunnen* Ein Stück, Frankfurt/M. 1984.

Theaterstücke: *Klavierspiele* U: Deutsches Schauspielhaus Hamburg 1981; *Ritt auf die Wartburg* U: Württembergische Staatstheater Stuttgart 1982; *Krötenbrunnen* U: Bühnen der Stadt Köln 1984; *Die einzige Geschichte* U: Theater der Freien Hansestadt Bremen 1985.

Hörspiele: *Wenn d'Thea nalangt, no gibts a Stick* 1976; *Mr sen net heimlich uf dr Welt* 1977; *Klavierspiele* 1980; *Der Kopf, das Seil, die Wirklichkeit* 1981; *Ritt auf die Wartburg* 1981; *Die einzige Geschichte* 1984; *Nachtschatten* 1984.

THEATERBIBLIOTHEK

Philippe Adrien, Mein lieber Molière. *Aus dem Französischen von Heinz Schwarzinger*

Augusto Boal, Mit der Faust ins offene Messer. *Aus dem brasilianischen Portugiesisch von Henry Thorau und Peter Urban*

Wolfgang Deichsel, Loch im Kopf. *Komödie nach Motiven von Labiche*

Wolfgang Deichsel, Bleiwe losse

Wolfgang Deichsel, Die Schule der Frauen. *Hessisch nach dem Französischen des Molière*

István Eörsi, Das Verhör. Jolán und die Männer. *Zwei Stücke, aus dem Ungarischen von Hans-Henning Paetzke und Hans Skirecki*

Gustav Ernst, Ein irrer Haß

Euripides. Medeia. *Übersetzt und herausgegeben von Peter Krumme*

Rainer Werner Fassbinder, Katzelmacher. Preparadise sorry now. *Zwei Stücke*

Rainer Werner Fassbinder, Bremer Freiheit. Blut am Hals der Katze. *Zwei Stücke*

Rainer Werner Fassbinder, Die bitteren Tränen der Petra von Kant. Der Müll, die Stadt und der Tod. *Zwei Stücke*

Ludwig Fels, Lämmermann

Ludwig Fels, Der Affenmörder. *Komödie*

Maksim Gorkij, Kleinbürger. *Übersetzt und herausgegeben von Andrea Clemen*

Heinrich Henkel, Still Ronnie

Gerhard Kelling, Heinrich

Fitzgerald Kusz, Derhamm is derhamm. *Ein fränkisches Volksstück*

Fitzgerald Kusz, Sooch halt wos. *Szenen*

Eugène Labiche, Das Sparschwein. *Komödie, übersetzt und bearbeitet von Botho Strauß*

Horst Laube, Endlich Koch. *Komödie*

Gert Loschütz, Chicago spielen

Pierre Chamblain de Marivaux, Das Spiel von Liebe und Zufall. *Übersetzt und herausgegeben von Anneliese Botond*

Henry Monnier, Aufstieg und Fall des Joseph Prudhomme. *Übersetzt und herausgegeben von Eugen Helmlé*

Karl Otto Mühl, Die Reise der alten Männer. *Komödie*

Heiner Müller, Der Auftrag. Erinnerung an eine Revolution

Heiner Müller, Macbeth. *Nach Shakespeare*

Heiner Müller, Quartett. *Nach Laclos*

Heiner Müller, Leben Gundlings Friedrich von Preußen Lessings Schlaf Traum Schrei. *Ein Greuelmärchen*

Aleksandr Ostrovskij, Der Wald. *Komödie in fünf Akten, übersetzt und herausgegeben von Peter Urban*

Robert Pinget, Was wissen Sie über Mortin? *Aus dem Französischen von Gerda Scheffel*

Klaus Pohl, Das Alte Land. *Schauspiel in fünf Akten*

Gerlind Reinshagen, Himmel und Erde

Friederike Roth, Ritt auf die Wartburg. Klavierspiele.

Peter Sattmann, Der Erzbischof ist da

Peter Sattmann, Der Fallschirmspringer

Evgenij Schwarz, Der Schatten. *Märchen in drei Akten, aus dem Russischen von Andrea Clemen*

William Shakespeare, Der Kaufmann von Venedig. *Übersetzt und herausgegeben von Klaus Reichert*

William Shakespeare, Maß für Maß. *Übersetzt und herausgegeben von Klaus Reichert*

Hjalmar Söderberg, Gertrud. *Übersetzt und herausgegeben von Walter Boehlich*

Harald Sommer, Ich betone, daß ich nicht das geringste an der Regierung auszusetzen habe

Martin Sperr, Die Spitzeder

Martin Sperr, Die Kunst der Zähmung. *Nach Shakespeare*

Peter Steinbach, Kusch und Platz

August Strindberg, Mit dem Feuer spielen. *Komödie in einem Akt, übersetzt und herausgegeben von Heiner Gimmler*

Aleksandr Suchovo-Kobylin, Tarelkins Tod oder Der Vampir von St. Petersburg. *Farce in drei Akten, übersetzt und herausgegeben von Hans Magnus Enzensberger*

Willi Thomczyk, Feuerkarussell

Ivan Turgenev, Ein Monat auf dem Lande. *Komödie in fünf Akten, übersetzt und herausgegeben von Peter Urban*

Urs Widmer, Die lange Nacht der Detektive. *Kriminalstück*

Oscar Wilde, Salome. *Drama in einem Akt, Nachdichtung von Gerhard Rühm*

Stücke für das Kinder- und Jugendtheater

Norberto Ávila, Hakims Geschichten. *Deutsche Fassung von Thomas Brasch*

Ken Campbell, Fazz und Zwoo. Die Schlündelgründler. *Zwei Nonsens-Stücke, aus dem Englischen von F.K. Waechter und Wolfgang Wiens*

Michael Fackelmann, Roboter lachen nicht

Dirk H. Fröse (Hrsg.), Schwedisches Kindertheater. *Fünf Stücke*

Rainer Kirsch, Das Feuerzeug. *Märchenkomödie nach Grimm und Andersen*

Tilo Prückner/Roland Teubner, Gilgamesch und Engidu

Dietmar Roberg, Martha, die letzte Wandertaube

Melchior Schedler, Lazarillo oder Wie man Kaiser wird

Peter Steinbach/Sylvia Ulrich, Nürüls Reise ins große Fabrikland

Friedrich Karl Waechter, Schule mit Clowns

Friedrich Karl Waechter, Der Teufel mit den drei goldenen Haaren. *Nach den Brüdern Grimm*

Friedrich Karl Waechter, Kiebich und Dutz. Pustekuchen. *Zwei Stücke*